才女故事
說不完——

周蜜蜜 著

中華書局

◀ 作者（左）拒絕把金庸小說改寫為兒童文學版本的計劃，有人說她錯過了揚名立萬的機會。（作者提供）

▶ 作者與任溶溶先生及其作品

▲ 2001 年 7 月 17 日，香港作家聯會在新光酒樓設宴祝賀劉以鬯會長（前排左四）榮獲香港特區政府頒發榮譽勳章。（作者提供）

▲ 黃慶雲兒歌集《花兒朵朵開》由外文出版社翻譯出版了英文版，為全書配圖的，是由《新兒童》小讀者成長為大畫家的林琬璀女士。(作者提供)

▲ 作者與詩人戴天

目錄

文字世界的金秋

入秋之時，美因河畔的綠樹變得色彩繽紛，令人看了也心醉。

被視為「世界知識界的奧林匹克運動會」的法蘭克福國際書展，已進入第61屆。中國也首次以主賓國身份亮相書展，引起了各方的高度關注。事實上，法蘭克福國際書展已有600年的歷史，作為當今世界規模最大的書展，法蘭克福書展不僅是全球最重要的圖書版權貿易平台，也是全球最重要的文化交流活動之一。來自世界各地的數千名出版界人士、作家和大批記者在這裏聚集，共襄盛舉。越來越多的外國人對中國文化產生了濃厚興趣。在設計別具特色的中國主賓國主題館裏，參觀者可以欣賞到從甲骨文、銘文、竹簡、帛書到互聯網時代的各歷史階段的重要出版載體展品2000多件。九個展區，包括港澳台展區、民族圖書展區、數碼出版展區、綜合展區、活動區以及孔子學院展區等，共吸引了二十九萬人次的參觀者。德國歌德學院向中國普通讀者徵集的百種中國圖書、以「主賓國圖書翻譯出版工程」命名的上百種德文版或英文版圖書初步成果，都在其中予以展示。很多世界知名作家都出席了書展舉辦的各種活動，今年的諾貝爾文學獎得主、德國作家赫塔·米勒也來參加。「出版高層論壇」、「中德文學論壇」、「中國之夜」、「中國文學之夜」、「歡樂中國風」等各場活動，都引起了很大的反響。

我也有幸置身書展，獲邀參加了中外作家的交流活動。在歷史悠久的法蘭克福大學裏，聽着德國戲劇演員芭芭拉·史東小姐聲情並茂地用德語朗誦自己的作品，我和聽眾們的眼神交流分外靈通，心裏更有說不出的感動。在文字、文學的世界裏，無論作家還是讀者，思想和精神境界，都應該是沒有任何限制，不受任何束縛的。在本屆法蘭克福國際書展的開幕禮上，代表中國作家發言的莫言，提出一個很有意思的設想：如果中國的偉大作家曹雪芹，與同一時代的德國偉大作家歌德，能夠在有生之年相互進行文學創作交流，那麼，中、德兩國的文學發展史，可能會寫下意想不到的進程。

為進一步了解德國文學，乘參加書展之便，我「順道」拜訪了法蘭克福市中心的歌德的故居。當步入保持原狀的寫作間，看見一張高高的寫字枱，管理員告訴我，這是歌德寫詩的專用枱，他是站着寫出打動人心的詩篇的。我過去站了一下，彷彿還感受到這位德國偉大作家澎湃的創意，在胸臆間不斷地湧動。

　　其後，我又去了著名的大學城馬堡，尋找不朽的童話作家格林兄弟留下的足跡，還到了歌德說過「把心留在海德堡」的典雅美麗的海德堡。只見半山上的「哲人之路」，飛金點翠，秋色正濃。在告別了夏天的喧鬧，將要走進冬日的冷靜之際，這一個秋天，雖然是短暫的，卻是美好的，特別令人感到難忘和寶貴。它輝耀着德、中，乃至全歐洲，全世界的文學殿堂，我將倍加珍惜，銘記於心。

劍橋靈秀

徐志摩曾如斯讚美：「康河，我敢說，是全世界最秀麗的一條水。」今天，為着細細觀賞劍河（康河）的靈性，我特地來到春潮瀉溢的劍橋河畔，租賃了特有的長形撐篙船，「遊河」去也。

二丈來長的撐篙，並不是好對付的，而且專門欺負像我這樣的生手。省事的遊客會連船夫也借用了，但我不想假手於人，還是靠自己，好一寸一寸地親近劍河。

澄澈的河水，有如一方魔力無比的神鏡，兩岸的春色一覽無遺，反映在河水的倒影裏。夾岸的垂柳，就像靈巧的梭子，牽動着長長而柔軟的柳絲，交織出美麗的春緞來：綠茵草地，散滿了星星白菊，淡黃的水仙，深紫的鈴蘭，橙紅的鬱金香，叫人目不暇給。春天和青春不可分解，劍河上下，但見一羣羣的青年學生。男男女女，親密無間，令人難以分出是學侶還是情侶，人人都沉浸在春潮的浪漫之中。難怪徐志摩說：「在康河的柔波裏，我甘心做一條水草！」

除了劍橋的河，我還挺喜歡劍橋的橋。這裏的每一座橋，都有不同的趣味歷史、匠心獨運的設計，簡直可以說是一個小型的橋樑博物館。像克萊亞三環洞橋（Clare Bridge）有如白玉般的橋身，襯上剔透玲瓏的橋欄，配以一個個白色的小石球，十分別致。其次是質樸的牛頓數學橋（Mathematical Bridge），用深色原木構成，據說原來由大數學家牛頓設計，不用一釘一鉚，後來橋被拆開重裝，卻無論如何也恢復不了當初的樣子，非用釘鉚不成。

最別具一格的，是聖佐治學院的「歎氣橋」（Bridge of Sight），建於 1709 至 1712 年間，它其實是一道走廊，每逢學生下課或應考之後，步過這橋，可以大大地歎出心中悶氣，呼吸新鮮的、帶有劍河靈秀之氣的空氣，所以特稱之為「歎氣橋」，這是多麼有意思的橋名啊！

當我撐着輕舟穿橋而過，只見一河碧水，滿園春色，處身此境，應曉得珍惜春光，不負春光吧。

走近「聖殿」

告別了流火七月的香港，走向北歐的黃金盛夏。沐浴着斯德哥爾摩的陽光，那一種極為燦爛，卻又十分柔和的感覺，實在是前所未有的。

都說這座北歐的古城，是文化文明的殿堂，除了夏日特別悠長的陽光之外，當然就是指這裏獨有的人文氣息了。尤其是作為舉世矚目的諾貝爾獎的發源地，更理所當然的擁有人文殿堂的至高榮耀了。然而，走近這樣的殿堂，沒有讓人感到高不可攀的威嚴，相反的，瀰漫着令人覺得親和的美好的氛圍。

沿着古城的石子老街，很容易就走到了聞名世界的諾貝爾博物館。這是一座中世紀建築，古樸，小巧，一點兒也不張揚。館內展場安排沒有對偉人歌功頌德的呆板展示，一進場，有如星宿般的服務處旁掛着「The Cableway」，將歷年得獎者照片和資料掛在移動式弧形纜線上，只要站在一個定點，就可以看完所有簡介，地面則顯示歷年的領獎畫面。

一、諾獎由瑞典走向世界

正中央的「History Perspective」，以透明立牌記錄從諾貝爾獎創辦至今的沿革與發展大事記。由此可以清清楚楚地重溫歷史：

諾貝爾獎（瑞典語：Nobelpriset，挪威語：Nobelprisen）是根據瑞典化學家阿爾弗雷德·諾貝爾的遺囑所設立的獎項。諾貝爾是近代炸藥的發明者，因此也獲得了巨大的財富。但他對自己的發明用於破壞感到震驚，於1895年11月27日在法國巴黎的瑞典—挪威人俱樂部上立下遺囑，用其遺產中的3100萬瑞典克朗成立一個基金會，將基金所產生的利息每年獎給在前一年中為人類作出傑出貢獻的人，以表彰那些對社會做出卓越貢獻，或做出傑出研究、發明以及實驗的人士。諾貝爾終生未娶，亦無子嗣。在其逝世前，親兄弟也早一步去世。他發明了硝酸甘油炸藥，在這方面取得了眾多的科研成果，也成功設立許多工廠生產炸藥，累積了巨大財富。

根據他的這個遺囑，從 1901 年開始，國際性的諾貝爾獎創立了。諾貝爾在遺囑中還寫道：

把獎金分為 5 份：

- 獎給在物理方面有最重要發現或發明的人；
- 獎給在化學方面有最重要發現或新改進的人；
- 獎給在生理學或醫學方面有最重要發現的人；
- 獎給在文學方面表現出了理想主義的傾向並有最優秀作品的人；
- 獎給為國與國之間的友好、廢除使用武力作出貢獻的人。

1901 年 12 月 10 日即諾貝爾逝世 5 週年時，諾貝爾獎第一次在原皇家音樂學院頒發了文學、物理、化學和生理學或醫學獎。從 1902 年起，諾貝爾獎每年由瑞典國王親自頒發。一開始，當時的瑞典國王奧斯卡二世並不同意將此全國大獎頒發給外國人，但後來意識到該獎金對於這個國家的公共價值，他改變了主意。

二、感悟文明征途

按照約定，我們在斯德哥爾摩市政廳的側門見面。他們，一位自謙為「諾貝爾文學獎文學聖殿的導遊」，實際上是諾貝爾文學獎的研究者又是作家和翻譯家的萬之先生，曾寫過《凱旋曲—諾貝爾文學獎傳奇》一書。另一位就是著名的攝影藝術家，諾貝爾獎的特邀攝影師李亞男先生。更巧更妙的是，他們的另一半，都是瑞典傑出的女性，當地非常有名的學者、專家、翻譯家。在他們的引領下，我欣然走進了斯德哥爾摩市政廳。

這是由建築師 Ragnar Östberg 設計，於 1911 年至 1923 年間興建的大樓，包括兩個大型廣場、一個外庭院和一個室內大堂，用了八百萬塊紅磚築成。Ragnar Östberg 原本打算把室內大堂設計成藍色，故把它稱為「藍色大堂」，但後來他看見美麗的紅磚時，便改變主意，不把外牆塗成藍色了。「藍色大堂」最著名的活動，就是每年 12 月諾貝爾獎頒獎禮後的晚宴。大堂內的管風琴有 10270 支音管，是斯堪的納維亞地區之中最大型的一座。

轉入「金色大堂」，只見眼前一片金光璀璨，這裏以超過 1800 萬塊的玻璃

和黃金碎片砌成，可供 700 人享用宴會。那繁華的景象，可以想見。而在大樓頂端 106 米的高塔上，可俯瞰斯德哥爾摩市，塔的頂端還安裝着瑞典的國家象徵三王冠。正如萬之先生在他的著作中所說的那樣，所有諾貝爾獎的獲獎者能贏得世所公認的光榮，都是精神價值創造征途上的凱旋。凱旋不是終結，而是邁向更高層面的起點。

三、追尋康有為足跡

步出市政廳，我們越過碧波蕩漾的梅蘭湖，走到有百多年歷史的凱悅酒店。這座古老的酒店，並不是特別富麗堂皇，而諾貝爾獎的獲獎者，都獲邀住進特備的酒店房間，包括我們熟悉的中國作家高行健先生。因此，這酒店就顯得不同凡響了。我們坐在臨海的酒店酒廊，陽光正好，細味濃香的下午茶點，聊起了最早住進這裏的中國歷史名人康有為。光緒二十三年（1897年），德國佔領膠州灣，康有為上書請求變法。次年 1 月，光緒皇帝下令康有為條陳變法意見，他呈上《應詔統籌全局摺》，又進呈所著《日本明治變政考》、《俄羅斯大彼得變政記》二書。4 月，他和梁啟超組織保國會，號召救國圖強。6 月 16 日，光緒帝在頤和園勤政殿召見康有為，任命他為總理衙門章京，准其專摺奏事，籌備變法事宜，史稱「戊戌變法」。後因慈禧太后的干預，維新運動失敗，光緒皇帝被軟禁，康有為之弟康廣仁被殺，康有為得李提摩太牧師協助，坐重慶號到上海海面，再由英國領事館職員協助在上海海面轉船到香港，再由香港逃往日本，自稱持有皇帝的衣帶詔，組織保皇會，鼓吹開明專制，反對革命。為獲得國際支持，他曾遊歷列國，會見歐洲各國君主。想當年，一心造着「大同」夢的康有為，就在我們此刻落座的位置，深深地被眼前的風光迷醉了，以至後來，他還在對面的海島，住下來一段日子……如此，康有為還是最早走近西方文明聖殿的中國名人呢。如今，康有為和他的島居都不在了，我們依然被這裏的人文景色所陶醉……

金陵冬夢

汽車在金黃色的梧桐樹蔭下緩緩行駛，初冬的涼意在四周圍瀰漫着，並不怎麼令人感到寒冷，卻別有一種清新脫俗的氛圍。

從暖融融的香港島，一下子飛入「江南佳麗地，金陵帝王州」的南京，滿眼盡是大自然色彩豐富的冬日景致，或深或淺，或輕或重，把人的心境帶上冷冷的歷史台階。

這裏曾經是六朝古都，十朝都會，每一段古城牆，每一棵老樹，都留下了歷史的印痕。早於三千多年前，南京就是西周周章的封地。楚國在六合區設棠邑，是南京建城的開始。春秋末年，吳王夫差在今朝天宮一帶築冶城，開辦冶鑄銅器的手工業作坊。周元王四年，越國滅吳後，范蠡築越城。至公元前333年，楚威王熊商在石頭城築金陵邑，金陵之名也由此而來。

猶記得，二十年前的那一個初秋，我曾經為珍藏於此地的古籍而來，在古舊的卷軸中，細察往昔的秋毫，不時感受着意想不到的驚喜。自然而然的也和所有探訪者一樣，參觀了秦淮河、夫子廟、玄武湖、中山陵、明孝陵、侵華日軍南京大屠殺遇難同胞紀念館……歷史的一幕幕鏡頭，至今還在腦中的網絡裏交閃顯現，揮之不去。

南京，我又來了。這一次，為的是與海峽兩岸暨香港、澳門的作家們聚在一起，細說文學與歷史的記憶。

在綠樹環抱的會議大樓，來自內地各地，以及台灣、香港、澳門的作家、編輯和記者朋友們，安坐於一室，互相論說我們的國家、民族，在不同的地區演進的歷程。從南京的歷史變遷，到江蘇古城的革新；從澳門的葡萄牙傳教士戀上大辮子華人少女的傳奇，到台灣賽德克族人的霧社事件；從廣州、香港工人聯合的省港大罷工，到粵港抗擊日軍的東江縱隊……

在這個歷史特別厚重的城市裏談論歷史，當然是最適合不過的。冬日的南京，給予遠來的與會者們清靜的環境、冷銳的思維、中肯而獨到的分析與

考量，也是令人感覺耳目一新的。

從會議大樓走出來，只見冬日的景深如幻如彩，冷冽的底色，塗上南京的曠野，四周的物事，顯得一片空濛⋯⋯

踏着黃黃的落葉，我和作家們一起，再次走近了中山陵。

墓園如故，前來參觀的人非常之多，有一大羣是穿着色彩斑斕的少數民族服裝的遊客，一下子擠滿了階梯要道。只見中山陵正南面的孝經鼎，是當年戴季陶和國立中山大學全體同學為表達對孫中山先生的敬仰和懷念之情，而捐資鑄造的。中山陵的設計風格很有名，整體像一座平臥的「自由鐘」，取「木鐸警世」之意。

孝經鼎就是鐘的尖頂，半月形廣場是鐘頂圓弧，而陵墓頂端墓室的穹隆頂，就像一顆溜圓的鐘擺錘。它意為「喚起民眾，以建民國」，此刻盡在眼前。繼而再拾級而上，登392級石階，到達主體建築 —— 祭堂。孫中山先生的白石雕像安坐在此，平靜凝望着前方。偉人的靈柩也安息於此，景仰他的人們，都紛紛駐足回望，重溫他所創下的家國歷史。

歷史，總是沉重的，就像冬日的舊夢，清冷，肅然。相隔二十個春秋，重訪南京這古都之城，歷史的舊夢在冬日裏不知不覺地加厚、加深，卻有不少令人看得真切之處，微妙之處，如夢非夢，發人深省。

才 女 故 事 説 不 完

　　三十年前，到北京登門拜訪德高望重的沈從文先生，首次見到美名遠揚的沈夫人張兆和先生，驚為天人，她的美不但在於清秀的相貌，還滲入到她的言談舉止之中，並且是「貫徹到底」——超越青、中年，直至晚年。

　　這一次，我看到的是她的活生生的「復刻版」，年近百歲了，還是那麼的才華洋溢，風采依然，從民國初年跨過千禧世紀，在一個漫長的才女故事中，談笑風生，儀態萬千地款款走來。這就是蘇煒的新書《天涯晚笛——聽張充和講故事》，給我帶來的美妙感覺。

　　用蘇煒的話來說，我們是「從小就認識了的」。那時候，著名作家秦牧叔叔、紫風阿姨與他的家同在一個樓裏，而我的母親和秦牧夫婦，既是同窗，又是同事，常來常往。秦牧叔叔總愛開玩笑地叫我「小金絲鳥」，紫風阿姨則對聰明活潑的小蘇煒很喜愛，有意認他做兒子。豈料恐怖的「文革」來臨，把一切都摧毀掉。秦牧最早被批鬥，紅衛兵一天抄家 50 次，接着就是蘇家，一天被抄三、四次。我的父親被造反派抓走，母親和紫風阿姨要去幹校「改造」……

　　時光流逝，蘇煒被分派下鄉海南島 10 年，至 1974 年始寫作，再考入中山大學中文系。畢業後，我母親推薦他赴美留學，在哈佛費正清東亞中心任研究助理。1986 年他回國，任職於中國社科院文學研究所。1989 年後到美國，現任耶魯大學東亞語言文學系高級講師。著有長篇小説《渡口，又一個早晨》、《迷谷》等。這次他回來度假，送給我的這本新作，寫下被譽為「民國時代最後一位才女」的張充和的口述故事。著名的合肥「張家四姐妹」中的四小姐，1913 年生於上海，5 歲開始練習書法。她工詩詞、通音律、能度曲、善吹玉笛，在書畫、崑曲、音樂等方面均有精湛的造詣；1934 年考入北京大學國文系。40 年代在北大教授書法和崑曲，為胡適之、沈尹默、張大千、章士釗、卞之琳等一代宗師的同時代好友。她 1949 年移居美國，先在加州大

學伯克萊分校東亞圖書館工作。1962 年受聘於耶魯大學美術學院，講授中國書法，更多次在北京、蘇州及美國舉辦個人回顧展，乃當今碩果僅存的世紀老人。

「我自 1997 年受聘於耶魯大學東亞系後，就有很多機會與張充和老人交往。老人給我的日常印象是素淡、優雅、端重、明銳、閒逸、雋美。」蘇煒說。

幸運的他，多年來時常到張先生家登門求教，向老人學習書法、詩詞，也常常陪老人聊天懷舊。自 2004 年起，他把老人斷斷續續口述的人生故事，寫成了文化底蘊深厚，內容豐富又生動感人的好書。才女的故事中有故事，高人外有高人，都是那樣的博學，儒雅，機智，幽默，令人感到可敬可親。我一篇接一篇地看着，如嚐甘露，如沐春風，真是莫大的享受。蘇煒還告訴我，對於才女林徽因，白先勇的崑劇改革，老人獨有特別的看法。只是篇幅限制，還沒有寫入書中。我滿心希望才女故事能源源不絕地說下去，蘇煒的書也可以一本又一本地寫下去。

生 死 閱 讀

在報紙上看到一篇寫《上海的生與死》作者鄭念的文章。

原來，最近在網上有不少人傳送鄭念晚年的照片，她美麗的容顏，明亮的眼睛，別具一種特有的魅力。

回想起在 90 年代的時候，由旅居香港的一位美國朋友介紹，我與鄭念首次見面。此前，我曾經讀過她的作品，紀實長篇回憶錄《上海的生與死》。在這本書中，鄭念以細膩感人的筆墨，記敍了她一家在「文化大革命」前後的遭遇。令我印象最深刻的，是描寫她的獨生女兒被造反派迫害至死的慘狀，那種痛感，掩卷難忘。從那時候起，我就十分渴望能見到這位歷盡時代劫難，堅強不屈的作者。

直至那天晚上，我的願望實現了。我們在香港中環的一個會所裏共進晚餐。

那時的鄭念，已經八十多歲，但看起來還是明眸秀麗，神采飛揚。她一見到我，不知為何，彼此都沒有陌生的感覺，很快就進入了話題——「文化大革命」所帶來的深切災難以及她到海外以後，回望這段歷史的感受。她還告訴我，縱然獨自一人在美國生活，但是經常寫作、演講，生活過得倒也充實。

在我的記憶之中，鄭念談吐優雅，風采迷人，卻沒有半點架子，平易、親近。我們雖然在一起才不過兩個多小時，竟會生出一種相知難捨之情。

幾年過去以後，我從一位友人口中輾轉得知鄭念去世的消息。據那位知情者說，鄭念是因為不想繼續獨自生活下去了，一個人自困家中，不吃不喝，默默地結束了生命。我聽了之後，感到非常震驚和難過：「文化大革命」那麼危難的厄困都挺過來了，還有甚麼艱難險阻是繞不開、走不過的呢？想來想去想不通，我深深地、深深地為她哀傷、惋惜。

不久前，參加了香港書獎的評選活動，與幾位擔任評判的學者作家談起最近在國際文壇上面世的一本新書，專門論述如果一旦身陷囹圄，那麼應該

帶備甚麼書在身邊閱讀最合適，這本書無論是題材和內容，都相當吸引。在場的幾位有識之士議論紛紛，有說要帶《易經》，也有說《紅樓夢》最好。

我不期然想到了鄭念。

她被視為英國間諜而單獨監禁 6 年，受到輪番審訊、拷打。為防止思索能力的衰退，她每天花幾個小時學習並背誦《毛澤東語錄》，既活躍腦力，也使自己獲取與審訊者辯論的依據，結果是她比審訊者更熟悉那些語錄；她也打撈埋藏在記憶深處的唐詩，背誦並欣賞那些中國文化精華之作。雖然根本沒有選擇閱讀書籍的權利，她卻能在極其有限的閱讀範圍中，想方設法，費盡心思，拚命吸取自己需要的文字養分和智能，這一切一切，簡直超出了凡人的想像！也就是藉着這樣的非常閱讀，鄭念能始終保持頭腦清醒，思辯敏銳，目光澄澈，雖飽受磨難，也不會被鬥倒鬥垮。

直至「文革」結束，鄭念獲得平反，處境改善，她出國時已經 65 歲，又積極去適應新環境，結果，用全部心血，寫出《上海的生與死》這本感動千千萬萬人的巨著。如今想來，病逝於華盛頓的鄭念，高齡 94 歲，這也可算是已達「天年」了。她留下自己的萬言著作，絲毫不差地說出了要說的話，然後，再與愛慕她的千千萬萬讀者作過心靈交流，再斷然告別塵世，瀟瀟灑灑地上去天國，與她的家人們團聚，也是理所當然的抉擇，應該不會有甚麼遺憾。想念及此，我也豁然開朗了。

百 年 風 光

「來吧！來吧！讓我把你們都送到地獄裏去！」

「哈哈哈哈哈！」

說話的，是倫敦地下鐵（Underground）的一名電梯操作員，他有一張圍着大鬍子的嘴巴，吐出的話語，十分嚇人。

發出大笑的，正是要登上他操控的電梯的一羣乘客，對於即將進入他所指的「地獄」毫無懼色——恰恰相反，個個滿心歡喜，笑聲不絕。

這是我第一次乘搭倫敦地下鐵時見到的第一個場景，活像是一幅充滿黑色幽默的畫面，印象不可謂不深刻。

地下鐵，終年在地下運行，不見天日的黑暗，確實難免給人帶來下地獄似的恐懼。而多少個年代，地下只是屬於死者之國，活人進不去，天使、上帝都不管，只有腐屍和污垢……

直至 19 世紀的中葉，當時飛速發展的帝國中心倫敦，幾乎被數以千計的樓房、工廠擁擠得要爆炸，倫敦人急需有比狹窄的街道更好的運輸系統。

英國人查爾斯・皮爾遜認為，最好的答案就是在地下建造鐵路。1843年，他把自己的建議提交議會。到 1863 年，全世界第一條地下鐵道，就在英國倫敦開通。人類對地下空間的佔領，從此隆隆展開。

然而，新生事物的出現，難免會引起一些人的懷疑和惶惑。早期的倫敦地下鐵，由於電動車還沒問世，機車牽引是用蒸氣機車，隧道裏常常煙霧瀰漫，加上車廂構造粗糙有缺陷，曾被人譏為「精神病院的單間」。

無論如何，人類走入地下鐵，地下鐵走入人類生活，就是始於一百四十多年前的倫敦。隨着時間流逝，科學的發展，倫敦的地下鐵也在不斷改變。

如今，倫敦已建造了 408 公里的地下鐵，成為世界地鐵之最——它擁有13 條路線，共 275 個車站，是全球最繁忙的地鐵系統之一，每天大約有三百萬人次乘搭。

從香港到英國遊學期間，我成了倫敦地下鐵的「常客」。首先，我是通

過它，閱覽了這個自羅馬帝國以來，一直保持自身悠久傳統的歐洲文化大都市。這裏由地下至地上的每一個角落，都有歷史的遺跡在向我訴說過去。但與此同時，又有各種新潮的事物，顯露出當今世上最重要的金融、貿易中心的繁華，令我深深感受到名副其實的國際化都會的魅力所在。古老的、前衛的、複雜的、多彩的、善變的倫敦，和地下鐵非常緊密地連在一起，叫人百看不厭。正如英國18世紀的文壇大師薩埃爾·約翰遜所說：「當你對倫敦厭倦之際，就是對人生也已經厭倦了。」

為了好好地了解倫敦，學習英國文化的精粹，我在地下鐵南邊的一個英國家庭寄住，每日天一亮，就乘地鐵到倫敦市中心的學校讀書。

坐在倫敦的地下鐵列車上，我這個香港人，總是忍不住將之與香港的地下鐵相比較：無疑，倫敦的地下鐵是深得多，暗得多，也舊得多。難怪有人把它形容為「地獄」了。

上落地鐵站，通常要乘電梯或電動手扶梯。至於倫敦的地下鐵路線，以顏色區分，很容易辨認。但在同一個月台上，往來的列車有時會不同，下一站也可能會有不同。所以，在乘搭之前，一定要先看清楚月台上的該站地鐵圖表，更要留意列車來往的方向。

最初的時候，走進倫敦的地下鐵站，眼前是一片髒亂的景象，木製的電動手扶梯，有些殘缺，令原來習慣了香港新淨的地下鐵乘客，多少覺得有些不舒服、不習慣。

走過狹窄的過道，陣陣嘈雜的聲音傳來：不明國籍、不明種族、不明身份、不明年齡的人物，會突然出現在你的身邊，伸手向你乞討，令你猝不及防，一時尷尬萬分。

當你進入車廂，看見絲絨包裹的座位已經破舊，上面或許還留有來歷不明的污漬。你正遲疑着不知要不要坐下，猛然間聽到有人怪叫。你受驚抬頭一望，只見一夥穿戴得古靈精怪的賣藝者，在車廂的一角拉起了幕布，舉起了布做的傀儡，自演自唱，好不熱鬧！

這一切，和香港的地下鐵相去不知有多遠！

就是這樣，日復一日，倫敦地下鐵的風景大同小異，看慣了，也習慣了。地鐵路線，把學校和我寄住的英國人家，互相連結起來，就像一條活動的長廊。廊中有各色人等，各種事物，各樣風景……都成了我在異國求學的觀摩對象。

　　自然，最熟悉的，是我寄居的英國家庭。成員只有一對老夫妻。丈夫是參加過第二次世界大戰的退役老兵。他告訴我，當年他隨軍隊進駐意大利，和當地的一位漂亮姑娘一見鍾情，很快就向她求婚。從此，那位意大利姑娘就成為永遠陪伴在他身邊的妻子。我聽着聽着，放眼向後院望望正在晾衣服的老太太發福的身影，忽然想起尼古拉斯基治和妮娜合演的那齣電影，講述的也是一個英國軍人和意大利女子相戀的故事，我似乎已經跟着那男女主角走了很久很久，或許已走過了大半個世紀……

　　這一對老夫妻，對我像熟人一樣，特別是老太太，非常熱情地教我吃意大利粉。當然了，她對我做的中國菜，也很有興趣。她和丈夫，出入都是乘地鐵，對地下鐵路線，熟悉得很。每當我想去新的地方找人辦事，他們都會高高興興地為我畫路線圖。

　　不用說，地鐵車廂裏，每天都有各種各樣的乘客。倫敦的社會，是多民族的社會，車廂裏自然有許多不同膚色的乘客。不過，大多數的英國乘客，都喜歡在地鐵列車上閱讀：讀報、讀書。也有不少人愛利用空間，玩填字遊戲。

　　當我乘搭地鐵，遊遍了倫敦市區之後，我就和在倫敦結識的朋友，選擇不同的日子，到倫敦以外不同地方去遊覽。我們的出發點，幾乎都是在地鐵站。因為倫敦的地鐵，是和幾個大火車站串通起來的，還有甚麼交通工具，比乘搭地下鐵，接駁火車更加方便、更加通暢的呢？

　　循着地鐵 —— 火車，火車 —— 地鐵的途徑，漸漸地，我們去劍橋，訪牛津，上蘇格蘭，遊威爾士……差不多走遍了英國。起點是倫敦地下鐵站，終點也是倫敦地下鐵站。如此來去自由，迅速可達目的地，非倫敦地鐵莫屬了。原來真想不到，倫敦的逾百年「老」地下鐵，能通向如此廣闊、如此美好的天地！

回到香港，我依然掛念倫敦的地下鐵，更想念與倫敦地下鐵有關的人和事。據說倫敦的地下鐵車站，換上了不少新的科技設施，好些木製的手扶梯，都改裝金屬製的了。百年地鐵，看來是老來「俏」，老來「勁」了。我也禁不住忽發奇想，或許有朝一日，香港的地下鐵，能連接起倫敦的地下鐵。那樣，我再乘搭倫敦地下鐵，所見到的，必將是另一番好風景了。

涅瓦河畔

聖彼得堡的夏陽，出乎意料的嬌媚；沐在陽光中的涅瓦河水，也出乎意料的平靜。

面對着眼前的景象，時光彷彿在瞬間飛逝，人生也在瞬間輪轉。

這一條河最早流入我的記憶，還是始於少年時代：「……十月革命的一聲炮響，給我們送來了馬克思列寧主義……」

那一個斬釘截鐵的聲音，似乎還在耳際吶喊。可是，如今這條河水波不興，已經不作任何回應。

從 1830 年代，偉大的俄羅斯詩人普希金，在他的一首詩裏，為這個城市擬定了一個純俄國化的名字——「彼得格勒」，這條貌似普通的河流，就流向了不凡的歷史進程。1917 年 11 月 7 日，布爾什維克在列寧帶領下，衝進冬宮的「十月革命」驚天地，泣鬼神，震動了整個歐洲以至全世界，這個城市獲得了「三次革命之城」的新稱呼，成為 20 世紀早期俄羅斯政治歷史上的三大發展標誌。

烈火、槍炮、鮮血……每每提起革命，總是離不開這些猛烈而可怕的景像，何況還看過了那一部生動紀實的影片《列寧在 1918 年》？冬宮，這座凝結着巴洛克式建築風格的典雅之宮，聚集着一意打翻舊世界的革命大軍，醞釀了最大規模的破舊立新運動……那些血色的歷史鏡頭，曾經毫無抵擋地佔據了我的眼簾，牢牢地打印入了我的心田。

但是，當我乘上由斯德哥爾摩海港開出的俄羅斯郵輪，一路迎着波羅的海的輕風，經過風景如畫的島國芬蘭，真真正正來到了聖彼得堡涅瓦河畔之際，卻不復見任何急風暴雨的革命痕跡，宏偉的冬宮，向各方前來的遊客，展示琳琅滿目的精美藝術品，其中有一部分是沙皇遺留下來的宮廷古董，華麗燦爛，舉世無雙。曾經被大批屠殺的貴族鮮血飛濺染污的聖以撒大教堂，也重新修建裝飾了，顯得格外金碧輝煌，耀眼奪目。曾經流過革命歷史最激

進之城的涅瓦河，寂寂無聲，波光粼粼，卻再也看不出、測不到她承載過多少憤恨，多少血淚，多少悲愁。畢竟，革命已經過去，昔日成為歷史。惟有平和安寧，才是普世的意願。

記得在一個世界華文文學交流活動中遇到一位女作家，在「文革」中曾是首當其衝的紅衛兵，後來上山下鄉到雲南瀾滄江邊，再偷渡去緬甸做了隨軍的紅色軍醫。直至改革開放，她才重新入校園，苦讀俄語之後來到涅瓦河邊，就在這河畔定居，靜靜地反思自己的人生和命運，才找到了內心的安寧。

月亮如心　山水多情（外一篇）

　　「山稱明月好，月照遍山明」，江西省宜春市的明月山溫泉風景名勝區，以浪漫的月亮文化，優美的自然風光，珍貴的溫湯溫泉而聞名於世，獨具「山在月中明，月在山中行」的詩情畫意。宋代大理學家朱熹當年遊宜春，曾經讚歎：「我遊宜春野，四顧多奇山」。明月山，正是宜春第一奇山。這歷經千百年歲月而常青不老的的明月山，凝集着我們祖傳的中華月亮文化之美，魅力四射。相傳嫦娥服下靈藥，就是從這裏奔向月亮的……

　　2009 年 11 月 8 日，在中國現代文學館陳建功主席的強大號召力之下，「2009 中國宜春‧明月山國際華文作家寫作營」順利開營了！來自世界各地的華文作家，紛紛集合在明月山腳的「安源樓」。來了，都來了！那不是我剛剛在法蘭克福書展上相遇，又在香港飛機場道過別的台灣作家藍博洲嗎？還有去年出訪新加坡時探望過的黃孟文夫婦，來了，都來了！天南地北的作家朋友，五洲四海的舊雨新知。大家都是一樣的興奮，一樣的期待！在聽了宜春市市長龔建華熱情洋溢的致辭，市委副書記任桃英精彩生動的介紹之後，用在場的一位作家的話來說，是「站也站不住了，恨不得一步登上明月山！」於是乎，我們的「奔月之旅」就宣告開始了！

　　進入明月山，一片清新的綠色，夾道相迎。走近觀看，更加喜人：茁壯茂密的修竹，直指藍天，還有數不清的青翠植物，漫山遍野地「半借清風蕩碧流」。這一座山，就是一個綠色的天然大寶庫！

　　我們沿着整齊的階梯，拾級而上，很快就走到了纜車站。接着，一行人分批乘上纜車登高山。40 分鐘的車程，讓我們得以一層一層地親近明月山，只覺身心如洗，十分舒暢，就連呼吸，也帶有一種沁人肺腑的新鮮甜香。

　　纜車到達山頂的終點站，我們已處身在海拔一千多米的高峯之上。然而，我們的「奔月之旅」，才僅僅邁出了第一步，更精彩刺激的旅程還在後頭。

　　我們在山路上前行，被引向一個深深的岩洞。走在光線不足，又濕又滑，黑咕隆咚的石洞裏，心裏沒底，也難免困惑：鑽進這地方來，會有甚麼

看頭？有的人乾脆就放棄了。沒想到，深入下去，卻豁然開朗，再見天日——我們正處身於萬丈懸崖絕壁之上，一條嶄新的棧道，就在眼前伸延。踏上去，真的有點「高處不勝寒」。不過，雖然是一步一驚心，卻又是一步一風光。

一路走，一路看，刀削似的險峯上，棧道飛旋，松柏挺拔，令人絕倒。我最佩服的，還是在這峻峭的高山上建造出綿延棧道的人們，這需要何等的膽量和毅力啊！我問領頭的宜春市溫湯鎮的歐陽世平書記，這一條非同凡響的高山棧道，是用了多少年時間修成的？歐陽世平書記的答案，完全出乎我的意料之外，他說這棧道只不過是修了幾個月的時間。「才幾個月？」我當即震驚不已。全心全意地弘揚明月山的月亮文化，宜春人的雄心壯志，膽識魄力，速度成效。實在是太驚人了！

在棧道上走了大約20分鐘，有的人要往回走了，但有人堅持走到底，一定要走到傳說是嫦娥奔月的山峯。一問歐陽世平書記，還有40分鐘的路程，他熱情地說：「來，我帶路，你們誰願意走的，就跟上來。」

我一點兒也不猶豫，馬上跟隨而去。那麼長而險要的棧道，人家都排除萬難修出來了，我們怎能不好好地走一走？

繼續前行，看見一棵形態獨特的蒼松，在棧道旁的絕壁上伸展枝葉，美不勝收。我曾遊過黃山，那裏有著名的迎客松，與這棵蒼松有幾分相似。歐陽書記說這棵松樹還沒有命名，請我們為它動動腦筋。我想要配合明月山的月亮文化，不如就叫作「迎月松」，好不好？歐陽書記立刻肯定：「這個名字好。」

再走不遠，見有一處突出的石峯，歐陽書記告訴我們，這就是傳說中嫦娥奔月的騰飛點。真不得了！大家都舉起相機，爭相把它攝入鏡頭。

走完了長長的棧道，天已暗黑。幸好有歐陽書記領路，我們安全下山，凱旋而歸。

嚐過別有風味的農家菜，我們稍稍休息了一下，就去洗溫泉。這裏的溫泉水含有「生命的火焰」——硒元素，更有「千年水溫不降」之妙，飲可防病，浴可健身。泡在一池溫暖，清澈的泉水中，我覺得周身的疲乏都被融化了。滿心裏盡是登上明月山之後，思月，愛月，追月，奔月的情懷，漸而醞釀出一個自以為有趣好玩的故事來——

溫泉度假村裏的祕密

　　這一天，是週末，來溫泉度假村洗澡的客人特別多。服務員易志安在露天的溫泉浴池旁邊，不停地為客人送毛巾，斟飲料，忙得不亦樂乎。然而，他喜歡這個工作，只因這是家鄉非常優質的溫泉，獨有「華夏第一富硒溫泉」的美譽，水溫常年保持在 68℃ 至 72℃ 之間，可飲可浴，具有顯著的防癌保健作用。而這一個溫泉度假村，佔地一千多畝，是一個以溫泉養生為主要特色的五星級休閒娛樂場所。露天的溫泉浴池，就設在天然的森林峽谷裏，從上而下，依次分佈着數十個形態各異，功能不同的溫泉浴池，錯落有致，別具一格。到這裏來的客人，大都是歡天喜地，輕鬆愉快的，更令志安感到心情舒暢。他清楚的知道自己的工作，能給客人們帶來健康和快樂，就是忙一點，累一點，也是值得的。

　　就這樣忙忙碌碌的，時間似乎過得特別快。轉眼之間，夜色瀰漫，很快就到了度假村關門的鐘點，客人也都已經離去。志安最後檢查一下工作範圍，沒見甚麼遺漏，浴池旁的燈光也熄滅了，他便要轉身離去。

　　「唰啦啦……」

　　忽然間，他聽到一個比較遠的浴池邊上的一堆草叢，響起一下微小的聲動！志安警惕地回頭望過去，卻不見有任何動靜。莫非是自己聽錯了？或許，這只不過是幻覺？

　　他疑惑地揉揉眼睛，再看看四周，還是沒甚麼發現，他不禁啞然失笑，笑自己太過神經敏感。他正要再掉頭走開，眼光無意掃過浴池的水面，驀地看到水面反映出兩點紅光，在池邊的草叢中隱現。他的心猛地一跳：這是甚麼東西？那兩個閃閃發光的小紅點，看來是對稱的，究竟是人，還是獸？或是鬼怪？外星異形？

　　他越想越不對勁，但是，在沒弄清楚之前，還不能貿然報警。他當下決定，要自行偵察，便不動聲色，在暗處藏身。

　　「嘶……」

　　少頃，只聽得小紅點發出另一種聲音，說時遲，那時快，就見一個人形

物體自一棵大樹上降落下地，再急急地走向那邊的「貴妃美容浴池」。

「不准動！」志安大喝一聲衝出去，一手抓住人形物體的衣袖！不料那袖子好長，有點像古裝戲人物穿的衣服「水袖」似的。志安立刻把目光投向那人形物體，不禁大吃一驚：那是一個面目如畫的美麗女子，一身古裝打扮，而他，竟然覺得對她似乎有點印象，可又想不起來是在哪裏見到過的。此時，美麗女子的「水袖」被志安牢牢地抓住，身體卻升在半空當中，不上不下，狼狽不堪。

「噗！」那兩個小紅點猛跳過來，原來是有一個玉白身子的小兔。牠十分敏捷地蹦到了那女子的手上。

「好兄弟，請放開我吧。」女子柔聲說。

「你是甚麼人？半夜三更到這裏要幹甚麼？」志安質問。

「唉，怎麼說呢，這事我本不想讓任何人知曉，但事到如今，也只好實話實說了。好兄弟，實不相瞞，小女子本是多年以前從這裏的明月山奔月的嫦娥。可是，我奔月之後一直很後悔，在月上的廣寒宮裏，沒有一天不思念人間，思念明月山的。就一心要重新返回來，不斷的和玉兔研製可以飛來飛去的超靈藥。經過千百年來的歷練，我終於成功了。眼見得明月山一帶建設發展得越快越好，我就常常服下超靈藥回來觀光，每每心裏很舒暢。只不過藥畢竟是藥，服多了身體難免不舒服。好在我曉得這裏的溫泉能強身健體，還有美容之功，就趁着夜深人靜之時來浸浴。我也知道，這不大合規矩，可我的身份特殊，也實在是迫不得已啊！好兄弟，還望你能體諒小女子的難處，放過我吧，好嗎？」

志安張開口，卻說不上話來，他實在是太驚訝了！就像是在作夢似的，一時醒不過來。然而，他抓住嫦娥「水袖」的手，不知不覺，在一點點的放鬆，放鬆……

書緣·文學緣

「阿孝牯！」

在香港書展上見到來自台灣的電影導演侯孝賢，我的心中似乎響起了在他的電影作品《童年往事》裏，那一位終日夢想返回內地故鄉的祖母，用客家話向愛孫發出的一聲聲親切呼喚。由於以往曾在客家地區生活過，我對「牯」的稱謂音調特別有感覺。只見眼前這位舉世聞名的電影大導演，頭戴着一頂棒球帽，一臉生猛純真的表情，以客家話叫他「阿孝牯」，實在是恰如其分。

這一屆香港書展，侯孝賢導演帶着他榮獲法國康城電影節「最佳電影導演」獎的最新作品《刺客聶隱娘》而來，和香港的讀者、觀眾一起，分享他的創作經驗和閱讀心得，受到非常熱烈的歡迎。本人有幸成為本屆香港書展的演講作家，應主辦方的邀請，與侯孝賢導演等嘉賓出席同一晚宴。

「侯導您好！我一向都很欣賞您的作品，是您的『粉絲』呢！」

同來的作家黃虹堅，興高采烈地對侯孝賢導演說。

他開心一笑，自然而然地用手搭着我們的肩膀，拍下了合照，真好！

很喜歡侯孝賢導演和他的作品，只因從來都覺得，他與他的電影，總是和文學密不可分的。光是這一點，就勝過香港的許多電影導演不知多少倍了——唉，最近不是有一位接受委託，拍攝香港作家傳記電影的香港導演，竟然在公開的場合上，大言不慚地對記者說，他沒有讀過那位作家的一本作品，只是讀了半本書就拍出了電影，結果在香港的文壇上引起了軒然大波嗎？

侯孝賢導演卻是截然不同的。他十分坦誠懇切地對記者說，如果沒有從童年就開始的閱讀，他就拍不出今天的片子來。這也是他之所以能在海峽兩岸以至國際上的影壇上獨步，不斷地創出具有特別風格和視野，屢屢獲得成就殊榮的主要原因吧。

侯孝賢導演生於廣東梅縣的客籍家庭，時為 1947 年，也就是台灣的「二二八」事件發生之年。當他滿週歲，家人就把他帶到了台灣。

不幸的是，他的父、母雙親，先後在他讀國一、高二的時候就逝世，「阿孝咕」就像「沒人管」的小孩子般生活。「若是沒有看書的習慣，我就不會有今天。」侯孝賢非常確信，是閱讀安慰了他，文字開啟了他的想像力。

從小五開始，他就開始看武俠小說，去租書店一套套的租借來看，很快就看完了，然後又開始租放在旁邊的言情小說，有甚麼就看甚麼。中學之後，他開始看日本的武俠小說，也在學校圖書館借閱如《魯賓遜漂流記》等世界名著。後來，甚至在《讀者文摘》追看《教父》小說。長此以往，他一直保持着喜歡看書的習慣。他看孫中山的傳記、看馬奎斯的《百年孤寂》、看卡爾維諾的《給下一輪太平盛世的備忘錄》。由讀大學的時期開始，他接觸到唐人小說、傳奇，就非常着迷，不斷地大量閱讀，令他對唐代的歷史、民間傳說故事相當熟悉，談起來如數家珍。

對於 1947 年 2 月 28 日那一段國民政府軍隊鎮壓台灣人民的歷史，他不可能會親歷其境，就是通過閱讀有關的書籍和資料之後，才有深入的了解。當他得知真相，悲憤交加，拍出了電影《悲情城市》，勇敢地挑戰當時台灣社會的禁忌話題，震動了國際影壇，一時無兩，載譽而歸。

侯孝賢導演善於用獨特的電影語言訴說情感，他的電影作品，既是現實，也是個人經歷的反映。他深深的認為：「閱讀的影響很大，如果沒有養成閱讀文學的習慣，可能就會停留在某個階段。」

一向以來，他拍電影都取材於文學作品的閱讀和再創作，也堅持與文學作家朱天文、鍾阿城等合作，拍攝出來的電影，都富有豐厚的文學底蘊。

為了孩子 為了明天

多少個日子，舞蹈藝術家江青一直在關心孩子和環保的問題，我覺得，在她的心靈裏，彷彿就像是在栽培着一棵長青而神奇的大樹，越來越枝繁葉茂，充滿生機。這正是近年以來，她至為重要的創作新命題，她不斷以全副心血去澆灌，去扶持。

十多年前，我在一次專訪的過程中認識了江青姐，知道她生於北京，在上海小學畢業後，10 歲入北京舞蹈學校接受 6 年專業訓練。此後她的工作經驗是多方面的，演員、舞者、編舞、導演、寫作、舞美設計。60 年代在香港、台灣從事電影，主演影片二十多部，並參加數部影片的編舞工作，於 1967 年獲台灣電影最佳女主角金馬獎。1970 年她前往美國，接觸學習現代舞，1973 年至 1985 年，在紐約創立「江青舞蹈團」，1982 年至 1984 年出任香港舞蹈團第一任藝術總監。她曾任教於美國加州柏克萊大學、紐約肯特大學、瑞典舞蹈學院，以及北京舞蹈學院。1985 年江青移居瑞典，此後她以自由編導身份在世界各地進行創作和獨舞演出，她的藝術生涯也開始向跨別類、多媒體、多元化發展。她的舞台創作演出地點包括：紐約古庚漢博物館，紐約大都會歌劇院，倫敦 Old Vic 劇場，瑞典皇家話劇院，維也納人民歌劇院，瑞士 Bern 城市劇場，柏林世界文化中心，北京國家大劇院歌劇廳……現居瑞典和紐約。她的《藝壇拾片》去年由香港牛津大學出版社在香港出版。

一、構思環保兒童劇

年前，江青姐到香港城市大學演講的時候，就找到我，讓我看一本由 9 歲的孩子寫的詩集，其中有一首：

大樹上有我的家

我們都愛樹爺爺
我們都愛這個家

吱吱吱　嘎嘎嘎

樹爺爺　讓我爬

爬到爺爺頭頂上

摸摸爺爺長頭髮

看看天空有多大

「你看這些詩寫得多好啊！我一直想為孩子創作一個有關環保，有關成長和愛的兒童劇，你來幫幫我。」江青說。我覺得這個創作意念非常新穎，又很有意義，便答應了。

首先，我們分頭搜集資料。我曾寫過一本環保童話，拿給江青姐看，她很讚賞其中「人在做，樹在看」的主題。同時，她又十分喜歡我母親寫的一首童詩：

風箏得意我得意

雲淡淡，風微微，

我放風箏空中飛，

叫它飛到東，

叫它飛到西，

叫它和白雲捉迷藏，

天上人間同遊戲，

風箏得意我得意。

「我想把這首詩放在劇的開場。」江青興致勃勃地說。就這樣，我們開始構思一個《奇異樹》的現代童話故事。

二、新奇的創作生活

江青回到紐約後，今年一開春，就邀請我到瑞典她的島居上寫劇本。春盡夏至，我終於放下手上的一切，從香港飛往北歐，和江青會合。

從斯德哥爾摩出發，驅車兩個多小時，再乘小木船橫渡海面，登上了名

為「猞猁島」的島居。「島主」舞蹈藝術家江青對我說：「我三十多年前第一次來到這裏，接待過文化藝術界和科學界的許多朋友。最多的一次，住了 16 個人。」她還講出國際文壇、藝壇上很響亮的一串名字，都曾經是這個「猞猁島」的住客。這個比香港維多利亞公園還要大的海島，就只有我和江青兩個人「佔據」，對我來說，一種新奇刺激的島上創作生活開始了。

島的面積大，建立的房子，包括桑拿浴室在內，也只不過是那麼幾間，大片大片的，是松樹林和草地。到處都有野生漫長的藍莓、漿果、蘑菇……名為「猞猁島」，但卻沒有見過甚麼猞猁，倒是發現有一對梅花鹿母子，不時躡手躡腳地偷吃屋前的野花，待吃飽了，就跳進海裏，游過對面的小島上去，真正是優哉悠哉，享盡天福。同樣會「歎世界」的，還有那些蹦蹦跳跳，在樹叢之間採果子吃的小鼠，一隻隻肥得圓滾滾的。這一片幾乎是未開墾的原始之地，讓我切切實實地感受到北歐如童話世界。

在這裏，和文明世界似乎隔了不止一個海洋，我們過着日出而作，日入而息的生活。我們的「作」，就是每天看看書，寫劇本；至於「息」，就是黃昏後，倒一杯紅／白／粉紅的酒液，看／聽主人與往事乾杯。每天的午後，是島上最安靜的時分。聽得見環島的海水「嘩……嘩……」的浪聲，心裏就像被洗滌了似的，特別清靈。

說來也奇怪，在這樣的島居中，我的文思尤其流暢。不到一個星期，就把劇本寫出來了。劇名暫定為《奇異樹》，採用多媒體手法來表現這一樹幻想與現實融合在一起的奇妙故事。劇情圍繞環保為主題，也是當今生活在地球上的每一個人所迫切需要關注的問題。讓孩子們得在熱愛自己生命的同時也尊重其他生命，愛護大自然，珍惜地球資源。故事中的男主角是個患有殘疾但充滿愛心的兒童，通過此劇可以引起社會上對人類命運，特別是對弱勢族群的關注。

山水相依

　　推開窗門，清新的空氣迎面而來，就像導遊先生說的，全是負離子的立方。

　　最令人振奮的，還是陽台上仿若仙境般的瀑布前川，在翠綠翠綠的田園之間，懸掛着晶瑩剔透的水簾，四散的霞霧，在晨曦中宛如薄透的輕紗，被不知名的仙女舞落人間……

　　我實在有點看痴了。回想昨晚從巴馬的通天峽過來，墨黑的山路上電閃雷鳴，風雨交加，人人蜷縮在車子上，鴉雀無聲。

　　想來也有些奇怪，每來德天，總會遇到風雨。二十年前，我還是電視台的節目編導，曾經帶隊來德天拍片子。那是個多事之秋，彼岸發生了舉世震驚的 911 劫難，我在惶恐之中受命，踏上征途。在前往德天的路上，突然狂風大作，暴雨連場。妹妹從美國打來長途電話，告訴我剛看到電視新聞，德天一帶山洪爆發，沖毀了一間酒店，住客被活埋！這消息很嚇人，妹妹打電話來問候之餘，勸我趕快回香港。

　　我告訴妹妹，因有任務在身，半途放棄，打道回府，是不可能的。我沒有告訴妹妹，原來我們訂住的，就是被山洪沖毀的酒店。後來，我們還路過那間酒店，只見如小山包似的山泥，把那酒店的下層掩埋了。酒店四周架起圍欄防線，已經封鎖，路過的車輛行人一律不准停留。雖然看不真切，但留下空白的想像空間，更令人生畏，至今還印象深刻。如今我向導遊先生重提舊事，他說當年此事在行內發過通告，是一起重大事故。那酒店的下層，本是導遊住的，但那一方方便台灣來的兩個年長遊客，讓給他們入住，萬沒想到，竟然成為其葬身之所……

　　後來，可幸在德天的拍攝工作還算順利，但是我卻無心細賞瀑布上下的自然美景，匆匆而過。

　　今日重遊，心境不同，有如經過風雨洗滌，煥然一新。眼前是出塵的山川田園景色，人間能得幾回見？不再多想，我即刻走出旅舍，步向瀑布的發

源處。同行的友人，也紛紛而至。

　　一路都是風光。一夜豪雨，洗得瀑布上下周圍山更青，水更秀，活脫脫就是 3D 畫卷，看得人滿眼春光。一簾瀑布分兩邊，一邊屬於中國，一邊屬於越南，是亞洲第一大的跨國瀑布。從這邊看過去，隔着歸春河，對岸就是越南的領土了。似乎是一樣山水，一樣的田園，一樣的瀑布，可是，遠遠近近的歲月，曾經有多少的風風雨雨？

　　還依稀記得那一首老歌：

越南中國

山連山

水連水

共臨東海

我們友誼像朝陽

朝相見

晚相望

清晨共聽雄雞高唱……

　　但隨着歷史的演變，這種山水相依式的「同志加兄弟」情誼，早已不復存在。一位熟知的朋友，很可能是唯一被迫在中國當兵，又被迫去越南打仗的香港人，曾非常痛苦地向我回憶那一段死裏逃生的經歷，他說：「我原來並不怕死，但打過那一場仗，看到身邊許許多多的人無辜犧牲，自己雖然能活着回來，卻很怕死，特別怕死。」

　　我理解他的話，不值的戰爭，帶來不值得的死亡，是最讓人害怕的。

　　走過德天瀑布的源頭不遠，可見到界碑。沒想到有一番繁盛熱鬧的景象。一個個擺賣旅遊紀念品、日用品、土產品的攤鋪佈滿路旁，做這營生的，既有中國人，也有越南人。而貨色價格，明顯的是越南方面的比較廉宜，反映了對方的經濟發展還是落後了一些。

　　細挑了一把紫檀木梳，幾雙銀筷、銀匙，我和友人心滿意足，登車返回。當車到一間毫不起眼的路旁小屋，忽然停止前進。一個年輕的中國軍

人，上來查問一番。導遊先生後來道出因由：近年有不少越南人從這裏進入城中，為的是打工賺錢。他們覺得中國的薪金比較高，而中國的老闆把他們視作廉價勞工。如是者，非法入境的越南人日多，政府不能不嚴加檢查執法。

在歷史的進程中，越南人和中國人之間的關係，總是像纏繞山間的迷霧，看不透，分不清。猶記得在認識的人之中，有一位身世十分傳奇：她的母親是中國人，父親是越南人。當年，她的父親因為嚮往中國革命，到延安抗日大學學習，遇上她的母親，戀愛結婚，誕下了她這個愛情結晶。然而，兩個國家、兩種民族文化的差異，令這段婚姻很快結束，她父親離開中國回越南，協助胡志明搞越南革命，成為越共最高領導人之一，又與越南女子結婚。後來，她的母親也再嫁，當了中學校長。轟轟烈烈的「文革」爆發，她的母親被紅衛兵批鬥，她也沒有好日子過。實在熬不下去了，她寫信給總理周恩來求救，結果獲得特別批准，到越南探望父親，再輾轉到香港，終於脫離了苦難。她曾以有點神祕的表情告訴我，胡志明終身不婚，其實最愛的是他的中國情人！這個傳聞，我後來從雜誌上看到了：

1930 年中國正處在白色恐怖之中，胡志明來到廣州。為了掩護胡志明在廣東、香港開展工作，廣東省委安排中共女黨員林依蘭假扮胡志明的妻子。林依蘭無微不至地照料胡志明的生活起居，令其感激不盡，但他始終不敢表達愛意。不久，胡志明由於叛徒出賣而被捕。臨別時，他取出珍藏的日記本交給林依蘭說：「我把心留下來陪你，收下吧！」3 天後，胡志明被營救出來。他給林依蘭送去蘭花，兩人的戀愛終於開始。

中國解放後，胡志明回國繼續他未竟的革命事業。離開林依蘭之後，胡志明的思念與日俱增。他應邀訪問中國時，請求安排他和廣東老友敍舊。就在胡志明即將登機回國時，他看見了林依蘭向他走來。兩個人久久凝視對方，都流下了眼淚。

1958 年，胡志明鄭重地表達了想把林依蘭接到河內祕密舉行婚禮的夙願。

然而，北越中央政治局會議室裏，一位越共領導人心平氣和地對胡志明說：「你曾說過越南不解放就終生不娶，這句話影響很大，一旦你違背諾言，就意味着我們放棄了解放南方的神聖事業，這不僅有損你的國父形象，連越

南共產黨也將從此名聲掃地。所以，我寧可被你指責、憎恨，也不能讓越南老百姓唾罵我們是千古罪人！」

胡志明聽聞心灰意冷，他苦苦一笑，離座而去。身處廣州的林依蘭望眼欲穿，盼到的卻是這樣的結果，這對她的精神打擊很大。1968 年，林依蘭告別了人世。臨終時，她沒有忘記把胡志明贈給她的那本「愛情日記」託人交還給他，並囑咐他節哀順變。

驚聞戀人去世，胡志明痛不欲生，淚如雨下。時隔一年，胡志明也溘然去世。彌留之際，他還唸叨着林依蘭的名字。

這是個撲朔迷離的中越戀愛故事，但對比前一段中越姻緣，除盡革命的激情浪漫，也就現實得教人不堪回首了。

汽車在山路上一轉彎，一座座拔地而起的小山峯出現在公路兩旁，清澈的河水環山而過，綠瑩瑩的山峯倒影，在河面上如夢浮遊，看得人心塵盡洗，豁然開朗，又一新的景點——明仕田園在望了。

唐山的震撼

今年 6 月，我應邀到唐山參加一個國際寫作營。唐山，這個中國北方的城市，無論在全中國還是全世界，無論在上世紀還是本世紀，都曾經是一個引起人們心靈震撼的聚焦點：

1976 年 7 月 28 日 3 時 42 分 53 秒發生於這的地震，震級 7.8 級，震中烈度 11 度。同日 18 時 43 分，在引起了距唐山四十餘公里的唐山灤縣又發生 7.1 級地震，震中烈度 11 度。鄰近的天津也遭到 8-9 度的破壞。有感範圍波及遼寧、山西、河南、山東、北京、內蒙古等 14 個省、市、自治區。整個唐山市頃刻間夷為平地，全市交通、通訊、供水、供電中斷；造成 24.2 萬人死亡，重傷 16.4 萬人……

在 2010 年 6 月 2 日之前，我只是聽到過「唐山」的名字，而從來不曾踏上她的土地。雖然如此，但每當聞說或看到這個曾令人痛心疾首的城市之名，我的心底裏也會遏制不住地漾起難以言傳的傷感餘瀾。萬萬想不到的是，直到這一天，我由香港飛往北京，前赴唐山參加中國作家協會主辦的國際作家寫作營，我的心靈，自此就不斷的被深深的震動着，震動着。

原來，唐山有着悠久而光榮的歷史。據考古證實，在遠古時代，唐山的先民就在這塊土地上繁衍生息，唐山人在這塊土地上早已創造了燦爛的文化，灤河流域是我國古代文明的發源地之一。

「不食周粟」、「老馬識途」、戚繼光「改斗」等典故都發生在這裏。唐山是中國評劇的發源地，評劇、皮影、樂亭大鼓被譽為「冀東三枝花」，在國內外有着廣泛的影響。清東陵是我國現存規模最大、建築體系最完整的皇家陵寢，被列為世界文化遺產；還有李大釗紀念館及其故居等眾多人文自然景觀。這裏人才輩出。享譽世界的文學巨匠、《紅樓夢》的作者曹雪芹祖籍是唐山豐潤人；中國評劇主要創始人成兆才出生在唐山的灤南縣；中國共產主義運動先驅、中國共產黨主要創始人之一李大釗的家鄉在唐山樂亭縣。

走進唐山，感覺唐山，我受到的震撼是全新的驚喜！我們居住的營地

吧，一大片明淨的湖泊，四周圍綠樹成蔭，鳥語花香，一棟棟木造的別墅天然精緻，散發着陣陣清新的松香。誰會想到，這裏原是廢礦垃圾場？勤勞能幹的唐山人，勇於做改善大自然的環保先鋒，僅僅用了一年零兩個月的時間，就把一個污水橫流，臭氣沖天的採煤塌陷廢棄地變成了方圓 28 平方公里，環境優美的生態之城，獲得了「中國人居環境範例獎」，聯合國「迪拜國際改善居住環境最佳範例獎」。

放眼整個唐山市，舊貌換新顏，現在的建築全部按照抗震 8 級以上的標準修建，唐山成為了全國最安全的城市。這是非常值得歌頌的，而唐山的人民是值得尊敬的，因為無論遇到甚麼困難，他們都像高山一樣堅毅，偉岸。唐山人民，在災難面前表現出來的不屈不撓，重建家園的精神，是一座讓世界仰望的高山！

從唐山回來香港，我看了電影《唐山大地震》，一次又一次地流下眼淚，更深深地感到：災害，並不是一切的結束，而是新的開始，家庭、人民精神面貌變化的全新開始！人的心靈震動，更甚於大地震動，這並不是一時一刻的，而是一生一世，影響深遠，永誌難忘！

背帶情

　　展覽館的玻璃窗櫥中，展示着兩條當地少數民族手工製作的背帶：其中一條是用色彩繽紛的花布拼合而成，還以各種不同顏色的彩線，刺繡上精美的圖案，鮮豔細緻，賞心悅目。而另一條背帶，顯得特別巨大，用料是手織的土布，在紮染的深藍底色上，只是簡簡單單地綴着一朵朵樸拙的白色小花。按照一般的常識，背帶都是成年人用來揹嬰兒的，但是這兩條特別展示的背帶，除了帶有強烈的少數民族民間藝術特色之外，實際上也有不同的用途，在場的講解員道出了其中的差別：小的一條背帶，是父母用作揹負小嬰兒的；而大的那一條背帶，是為家中年紀老邁、不良於行的長者而備，由相對年輕的家庭成員貼身照顧他們，每每出外耕作之時，就是用這種特大的背帶把老人揹負在身上。

　　聽罷這一番介紹，展廳內頓時一片寂然，從呱呱墜地，到年老體衰，這兩條背帶，維繫了人生必不可少的養育之恩和反哺之情，怎能不令人動容？我們的歷史上，早已載有先賢對養育之恩和反哺之情的不絕讚美。明代李時珍的《本草綱目‧禽部》有載：「慈烏：此鳥初生，母哺六十日，長則反哺六十日，可謂慈孝矣。」以鳥及人，頌揚慈孝，以至成為我們的文化經典。想不到在這裏看到的一小一大兩條背帶，正是我們的人民慈孝美德兼備的最佳物證。在此同時，我還想起了我的兒童文學作家母親黃慶雲曾經寫過的一篇兒童小說《從嬰兒車到輪椅》，寫的是一個祖父和孫兒，在人生的歲月中互相扶持的故事，細膩感人，被一位著名的教授編入教科書內，並評論為慈孝教育的經典之作。從嬰兒車到輪椅，從小背帶到大背帶，似乎有某種異曲同工之妙，不一樣的物品，卻都一樣的牽動着從人生的起始至終結，跨代承傳的養育之恩和反哺之情。

　　禁不住把目光再次投注在那一條藍底白花的特大背帶上，腦海中自然而然地浮現一個活生生的鏡頭：一個壯年的苗族農夫，用背帶揹着衰老的父

親，一步一步地登上半山翠綠的梯田，兩父子還不時地低語交談——突然之間，我腦中的鏡頭詭異地轉動了一下，反射出一幅地獄般的畫面：一個衣衫襤褸的日本農夫，沒有用背帶，只是徒手揹着年紀還不是太老邁的母親，一步一步地走向白骨成堆的山谷——

為甚麼會這樣？真懷疑自己的心臟在這一刻停止了一息間的跳動！接下來才想起那是曾經看過的真正的電影鏡頭，由日本導演今村昌平拍攝的影片《楢山節考》，描寫在日本信州深山中的一個貧窮小村子，由於貧困而沿襲下來了一種拋棄老人的傳統，就是村裏所有活到 70 歲的老人，不管是否依舊身體硬朗，只要到這個年紀就要被家人揹到楢山上丟棄，以節省糧食的支出。這雖然是出於在貧困的絕境中汰弱求存的無奈，但對待自家的血親長輩，不同的文化傳統，不同的倫理道德，差距可以由天堂至地獄那麼大，實在是難以測量。

然而，放眼物質充裕的當今之世，在敬老護老的問題上，人心取態之間的差異，也不只是僅僅限於家國和民族了，已經日漸演化成越來越嚴重的社會問題。在中秋月圓，家人團聚的傳統節日之際，曾經傳出令人心痛的一則報導：某鄉村的一個家庭，年紀老邁的父母一早動手，殺雞做菜，準備好過節的豐盛美食，滿心歡喜地等待着六個子女回來吃一頓傳統的團圓飯。豈料左等右等，一直等到深夜，也沒有一個兒女回來，兩老父母被傷透了心。事實上，這樣的情狀，也不斷發生在為數不少的現代家庭之中，慈孝的傳統美德，面臨繼承的危機重重。近年來，甚至連國家也要考慮立法規定子女必須供養和照顧父母了。為長遠計，也有採取更積極措施的，從小對孩子加強讀經典的重慈孝的教育。年前，曾接受邀請，到一所小學參觀，校方自訂課程，專門進行讀經教育，傳授孔孟之道，四書五經是學生主要的讀本。同時，也會很具體地教導他們如何事奉父母，分擔家務。這所學校的學期考試，除了書面測驗之外，還要考生即場熨衣、打掃，演示自己所掌握的各種家務技能。這樣的教學方法是否正常、合理，尚且還在議論當中，但收到的效果卻是出人意料之外，不少家長大表支持，有的原為公司董事長 CEO 的，

也不惜辭掉高薪厚職，到學校裏來參與協助孩子的讀經教育，只因他們覺得無論賺的錢再多，也不如讓兒女懂得孝順之道更為重要。

最近，日本有一部電視劇《過度保護的加穗子》，反映的就是當下的年輕人，自小被父母溺愛過度，嬌生慣養，飯來張口，衣來伸手，卻完全沒有感恩之情，反哺之心。他們從大學畢業，出來社會生活，還是處處依靠父母的照顧，吃飯、穿衣、上下班接送，樣樣都要父母操心操勞，毫無自立的能力，一旦遇到挫折，就自暴自棄，有的甚至淪為社會渣滓。這樣的後果，觸目驚心，最可怕的是，這已經成為一種現實，積重難返。

慈孝美德，既不能只講空話，也不能倉卒速成。傳統文化的滋潤，家庭長幼的情感維繫，正如玻璃櫥窗中展示的背帶那樣，既是樸實的，又是精美的，在主人們不同的人生階段中盡情恪守，奉獻力量，並且一代接一代的繼往開來，傳承下去。

「騙電」與「電騙」

「喂喂！」

「你好！」

「請問你是誰？」

「我是崇拜你的讀者啊！我的表哥也是你的粉絲，是他把你的電話號碼告訴我的。」

「那麼我們是不認識的吧，你打電話來有何貴幹呢？」

「是有一件很重要的事情想請教的：最近我們在家鄉的農地發掘了一個古墓，發現有一批錢幣和古董，也不知道是甚麼朝代的，但看起來是很有價值的樣子。因為你見多識廣，所以很想請你能鑒定一下，不知可不可以賞面？我們一定會好好酬謝你的。」

「對不起，我並不是這方面的專業人士，沒有這樣的資格。請不要再打電話給我了。」

以上是本人第一次接到「騙電」的經過。

沒過多久，就得知一位認識的人，接到同樣的「騙電」而被「電騙」了，白白付出數十萬元港幣，可謂損失慘重。

隨着時光的流轉，接到的「騙電」花樣新鮮，層出不窮：

「Hi！你認得我嗎？」

「不認得，你是誰？」

「你猜猜看。」

「不知道。你就說出你是誰嘛。」

「哎呀，姑媽，你真的認不出我嗎？」

「我從來就不是甚麼人的姑媽，不要亂叫亂打電話！」

很「無厘頭」的猜謎遊戲，原來是很時興的一種流行「騙電」。

「喂喂喂，你還記得我嗎？」

「記得你？你是甚麼人？」

「上次幫你辦借貸手續的那個阿陳呢？」

「你搞錯了，我從來也沒有辦過甚麼借貸手續，不要打來『白撞』了。」

我實在沒有時間，也沒有耐性玩這種「騙電」的「競猜遊戲」。

但是，我的一位作家朋友偏不信邪，她就是要和來電的騙徒玩這類「遊戲」，作為一種生活經驗的「體現」，每當接到「騙電」，她都要和對方來一番鬥嘴、鬥舌、鬥智、鬥耐力──玩一場反欺騙的遊戲：

「喂喂喂，你猜我是誰？」

「聽你的聲音就像是阿強吧？」

「哈哈，你猜對了，我正是阿強。」

「阿強你打電話來有甚麼事呢？」

「我做買賣古玉的生意，被人走了單，差成十八萬元，沒辦法交數周轉，請你借給我頂一頂，一個星期後連本帶息還給你，好嗎？」

「你的算盤打得好響！真不愧是一個專門騙人的騙子。我也想見識見識，並且親手把你送去警察局。」

「嗚……」（電話掛線聲音）

每每如是，樂此不疲，就連她的家人，也大感興趣，每次接到「騙電」，就請她來對付，好比上演一齣緊張刺激又富於娛樂性的「大龍鳳」式戲碼，把打電話來的騙徒反過來作弄一番，教訓一下。

發展到後來，她竟然有些「走火入魔」，突發奇想，要設計引誘騙徒現身，拆解騙局，再將其繩之於法。結果遭到所有家人反對，認為太過危險，才就此打住。

可是另一位作家朋友，卻與她的「電騙生活」體現完全相反，全無遊戲成分之餘，經歷過程還不乏慘痛感覺。我是在報上讀到她被「電騙」的實況實錄的：

那一天，她接到一來電說剛剛逮捕了一個疑犯，搜出一批假護照與假的銀行存摺，其中有一本偽造的銀行存摺是以她的名字開設賬戶，據疑犯交代是用 80 元買回來的，準備用作詐騙活動。為此，執法機構要求她立即去銀行

取出自己的全部存款，放在家中備查。這位作家朋友信以為真，按照對方指示，馬上去銀行提款。對方又要求她在一個小時之內，將所有現款存入北方城市的一個銀行賬戶。這時候，她才幡然猛醒，意識到這是一個騙局，遂報警之，辛辛苦苦從銀行提取出來的現款，才幸保不失。之後，她把案情的前後經過記錄下來，公諸於眾，為的是提醒讀者不要重蹈覆轍，受騙上當，實在是坦誠告白，用心良苦。

然而，樹欲靜而風不止，「騙電」和「電騙」數年來有越演越烈之勢。為了達到騙財目的，騙徒總是不擇手段，無孔不入，不斷地利用網路世界，令城中「騙電」滿天飛，涉及「電騙」的案件，越來越多，也越來越「新鮮」，也不免令人感慨唏噓。

某日，無意中看到一齣日本電視單元劇，講的是有一個本來平常的家庭，為父的原是一位教師，為母的是家庭主婦，他們的獨生子還在學校讀書。但由於家庭經濟出了問題，父親借了高利貸，以致債台高築，無力償還。黑社會人馬逼上門來，亮出兇器與「劇本」，威迫這一家人按那樣一齣「劇本」去「照本宣科」，扮演不同的角色，上演「電騙」。

無錢還債，無力反抗，一家三口，惟有就範。首先由兒子打電話給一個老寡婦，冒充是她亡夫的同事，說是知道公司的股票最近要上市，為遵其亡夫所囑，特意向遺孀透露祕密商業信息，提攜發達云云。電話掛線之後，輪到父親上場，以警方的名義發出警告，指老寡婦已涉及企業內部交易，觸犯法例，面臨檢控。這可是無妄之災，老寡婦自然被嚇得六神無主。然後再由母親致電，代表某某某律師行兜攬生意，老寡婦向其指定的銀行戶口轉賬，可為她打官司辯解消災……

由於他們「電騙」的「劇本」是專門針對行騙對象「度身訂造」的，因而幾乎百發百中。這一家人騙了不少錢，以為可以還清債務，洗手不幹之際，豈料，自身卻陷入了黑社會「電騙」集團設下的更大騙局，逃脫不得，只能繼續充當「電騙」的發聲人……

這個劇情相當寫實，而且甚具社會性。原來，「電騙」與「騙電」，在這個世界上是不分地區也不分民族的，騙人者也會受騙，作祟的是深不見底的貪

慾惡念。

這天一早，電話鈴聲大作——

「這裏是 ×× 快遞公司，你有一個郵件出了問題……」

狼又來了，怎麼辦？

「好啊，馬上轉到警察局，由執法人員來處理，肯定不會出錯，OK！」

「嗚……」

電話傳出掛線聲，直至完全靜默，靜默。

數 字 敦 煌

　　第一次去敦煌，同行的有小思老師。我們懷着敬仰的心情，到久聞大名的敦煌研究所，拜訪為守護敦煌藝術貢獻畢生精力的院長樊錦詩女士。想不到的是，樊院長無論從外表還是年齡，都和小思老師非常相近相似，兩位埋頭苦幹於不同學術崗位上的學者，並肩而立，儼如一對優雅美麗的姊妹花！在那一刻，雖然對樊院長素昧平生，卻有一種特別的親切感，油然而生。樊院長告訴我們：莫高窟一年只能接待 15 至 18 萬人次的遊客，這是經過科學測算的。然而，隨着其聲名遠播，一千多歲的莫高窟不得不拖着贏弱之軀，面對四面八方湧來的遊客。近十年，遊客逐年遞增，一年達到 55 萬。每年第三季度的遊客佔當年遊客總人數的七八成。這幾個月，每天都有幾千名遊客集中走進莫高窟。人一多，那些洞窟如同鍋爐房，瀰漫着一股濃重的「人氣人味」。監測表明，15 個人在一個洞窟停留 10 分鐘，洞窟溫度會升高 5℃，二氧化碳濃度大幅提高。研究表明，洞窟如處於恆定環境，其中的壁畫和彩塑就利於保存。遊客一旦過量，必然加速壁畫和彩塑的損壞。能否讓敦煌壁畫的面貌長留於世？她提出了「數字敦煌」的想法。計劃投資 2.67 億元的展示中心即將建成，遊客通過球幕電影和數字電影，即能近距離遊覽不開放的 10 個「特窟」。之後，遊客只需實地參觀一兩個洞窟便可窺知莫高窟全貌。

　　聽到這些數字和計劃，令人震驚。記得後來樊院長特別關照，讓我們參觀幾個平常不對外開放的洞窟，我們都小心翼翼的，腳步放慢，呼吸放輕，生怕會影響了那麼珍貴的藝術文物的壽命。但是，當我立在一尊真人大小的斷臂佛像前，還是有莫名的深深感動，久久地不捨得離開，回來就寫了《遇見東方維納斯》的一首小詩。

　　香港大學一百週年校慶，特別舉行「歲月流沙：敦煌文化及保育研習系列」講座。偌大的會場，坐得滿滿的，聽眾超過 600 人。主講的三位著名的攝影大師，因緣際遇，先後前往敦煌，深入不同洞窟，近距離拍攝了一般人沒有機會拍到的珍貴照片和影像，以他們專業和藝術眼光把敦煌絢爛的圖像

光彩留住。其中最引人矚目的，就是遠道而來的敦煌研究院數字（數位）中心主任吳健。他是敦煌第一個專業攝影師，為敦煌拍下了五十多本影集。這一次，他不僅帶來了自己的優秀作品，還展示了敦煌洞窟虛擬漫遊軟件，使在場的觀眾大開眼界，驚豔之聲不絕於耳。

吳健告訴大家，他帶領中心的七十多名人員，和國內外的大學專家合作，將已有 1600 年歷史的敦煌莫高窟，以高解析度數位相機拍攝窟內的珍貴壁畫，以利保存與出版。此外，拍攝小組也在研發「洞窟虛擬漫遊」的技術。敦煌石窟由莫高窟、榆林窟、西千佛洞構成，規模龐大，內容豐富。其中，莫高窟已經有 1600 多年歷史，擁有洞窟 735 個，壁畫 4.5 萬平方公尺，彩塑二千多尊，並有藏經洞出土的約 5 萬份文獻散佈世界各地。目前有 6 個小組負責拍攝，6 個小組負責圖像拼接，還有 1 個小組專門製作洞窟虛擬漫遊軟件。

吳健說，拍攝壁畫要 300dpi/ 吋，壁畫才能清晰完整，也才能滿足保存、研究、印刷出版等需求。敦煌研究院已完成 20 個洞窟的檔案，但莫高窟有壁畫的洞窟多達 492 個，面對數百個數量龐大的洞窟和不可預測的災害因素，還有許多技術需突破。

「到 2015 年，147 個洞窟將完成數字化記錄工作。利用這些數字化資料，即可製作成形象逼真的數字電影和球幕電影。不僅如此，在這些資料的基礎上，還可對已損壞的壁畫、彩塑作『還原』處理。」

時間緊迫，吳健在講座上未能盡言。翌日我和他另約時間詳談：「今年是我到敦煌 30 年了，我就是和敦煌有緣。」吳健開門見山地說。原來，他是在六百多人之中考取的二十多個準講解員之一。原籍甘肅的吳健，生得身材高大，當時的研究院院長段文傑一下看中了他，派他去學習攝影。那時候敦煌畫家多的是，唯獨缺乏攝影家。「我非常樂意接受段院長的指派。但是卻從來沒有拍過照。一切從零學起。還要爬上爬下，天天鑽洞，不分日夜的工作。」

多年來，他總結出敦煌的精神，就是：敬畏、敬仰、敬愛。他也像樊錦詩院長那樣，一輩子就做好保護敦煌藝術這件事。成立敦煌數字中心之後，吳健天天忙得不可開交。「數字敦煌，就是要用高保真的數字拍攝手段，確保

被記錄的壁畫顏色、尺寸十分準確，從而為莫高窟留存一份全數字化檔案。洞窟裏沒有燈光，洞窟形狀各異，有凸面、有球面，因此，為壁畫『留影』工程複雜而艱難。敦煌研究院與微軟亞洲研究院合作，研製了一台清晰度高達13.46 億像素的攝錄機，對洞窟的壁畫進行拍攝。拍攝一個中型洞窟，所需照片為 5000 張左右，一般需要 30 個工作日。像 61 號這樣擁有 300 多平方米壁畫的大型洞窟，拍攝完成後，則需 3 個小組的工作人員耗費 90 個工作日，才能將 4.5 萬張照片整合、排接完成。」

吳健多次來香港，看到香港人對敦煌藝術的關愛，出錢又出力，很受感動，今年初他去城市大學演講，這次又到會展中心演示，看到那麼多虔誠又熱心的香港人，激動得一夜也沒睡好。千年以來，敦煌莫高窟一個洞窟、一個洞窟地逐漸開鑿形成，依靠的是上至封建帝王、下至平民百姓的諸多「供養人」。今天的人們參觀莫高窟洞窟時，也往往能在修復好的彩塑、壁畫旁發現感謝供養人的銘牌。如今敦煌的保護，數字化，也需要「供養人」，感激「供養人」。「香港的許多人，即使並非富豪的普通市民，保護敦煌，愛護敦煌，作出了很多貢獻，我都會給他們贈送特製的敦煌數字化影碟，以表示謝意！」

慶 賀 大 壽

「九十啦！」

收到這張請柬，令我忍不住歡笑。只見請柬上面，赫然印有「壽星公」的自畫像：一個笑得見牙不見眼的老人，開心到「飛起」，衣裾飄揚，露出圓溜溜的大肚腩，光溜溜的腳板上，連那十隻腳趾頭，都一齊在歡呼，一個小小的煙斗，被扔掉在一旁。

這樣盡得人歡心的請柬，是出自大名鼎鼎的畫家、我所敬愛的長輩黃永玉叔叔之手筆。真不敢相信，他今年竟然滿90歲了！在我的心目中，他一向是最多才多藝，又好玩有趣的叔叔。記得在傑出海外華人系列的電視專訪特輯中，他雖然已步入晚年，但卻依然是那麼幽默風趣，活力十足，甚至在訪談過程中翻起筋斗來。實在難以想像，如此一個精力充沛、「反斗星上身」的永玉叔叔，怎麼可以一下子就跨到了90歲的年齡段上去？

今年我九十歲了，八月十六日下午四時在天安門國家博物館開個畫展。大部分是近十年的作品，請你有空來看看。

照老辦法，開門就看。不剪綵，不演講，不搞酒會，不搞研討會。

有一個月展期，時間長，哪個時候來都行。

看請柬上的字跡，顯露主人本色，真確實在，叫人不得不遵從和信服。

在與黃永玉叔叔相熟的作家蔣芸小姐帶領下，八月十五日清早，我們趕赴香港機場。原定班機是在上午八點半開出，但是由於颱風過境，過百班航機滯留機場，不能準時起飛。因此，我們只能焦急地等待、等待。從上午等到中午，再等到下午，傍晚，飛機終於起航，但我的心已急成一團亂麻，真是再高速的飛機也嫌慢！

當飛機一降落，我們就迫不及待地跳上旅遊汽車，直奔萬荷堂。麻煩的是司機不熟門路，幾經轉折，才到達目的地。

夜色裏的萬荷堂，燈光明亮，人流不斷，都朝向晚會的中心人物——黃永玉叔叔。這位年屆九十的壽星，紅光滿面，神采飛揚，笑嘻嘻地站在花繁葉

茂的荷池邊，向我們招手讓座。

大家立即過去，向永玉叔叔祝壽，拍照。他老人家站在我們當中，皓首紅顏，目光如炬，活神仙般瀟灑生猛。

拍完照片，我坐到永玉叔叔身邊，他親切地問：「爸爸怎麼樣了？」

我知道所問的「爸爸」，是指我的公公羅孚，他們相識已久，交往很深。早在「文化大革命」之時，黃永玉叔叔因為畫貓頭鷹，被造反派批判，指其畫作影射現實，對於階級鬥爭視而不見，隻眼開隻眼閉。

永玉叔叔蒙冤受屈，更被逐出住宅，一家人困在沒有窗戶的斗室之內。生性樂觀的永玉叔叔，自行畫一窗戶，掛在牆上。人在室內，抬頭見窗，窗門大開，窗外綠樹成蔭，百花盛開。這種畫餅充飢意識的自娛自嘲，惟永玉叔叔獨此一家！那時羅孚帶小女兒自香港上京探望永玉叔叔，親睹此番光景，感慨萬分。永玉叔叔卻像沒事人一樣，還興致勃勃地拿出畫具，為羅家小妹畫像。這一幅畫像，非常神似，栩栩如生，如今還在美國羅小妹家中珍藏。

我告訴永玉叔叔，爸爸已從醫院回家，正在休養。

永玉叔叔接着又問我的媽媽近況。我說媽媽今年93歲了，依然喜歡寫作，還常常稱讚永玉叔叔的小說寫得好。

這時，永玉叔叔像小孩子似地笑了，說：「你媽媽的年紀比我大，還在寫作，真不錯。可我也破了紀錄，最近幾年，一直在寫長篇小說，你知道，在一本文學雜誌上連載了多少年？足足五年啦！還在繼續寫，繼續連載呢！」

他又告訴我在90歲生日之際，出版了十四卷本的作品全集，其中有畫冊，也有散文和小說，永玉叔叔人生就和作品一樣，豐盛豐富，多姿多采。

談着談着，他的兒子黑蠻和媳婦潔琴，請我們到客廳去吃茶點、生日蛋糕。其間我和永玉叔叔提起最近去世的傳奇女作家陳實，她是我的表姨，和永玉叔叔也是多年的舊交。永玉叔叔說一直有和她通信，最後的一封，寫了九頁紙。當時陳實表姨的眼睛已看不見，就讓女兒反反覆覆讀給她聽。

時間已晚，我們怕影響永玉叔叔休息，只好就此告辭了。

第二天，我們來到天安門廣場旁的國家博物館，參觀「黃永玉九十畫

展」。全新裝修的展覽場地，宏大無比，稱得上是全世界最大的博物館之一。永玉叔叔的個展，佔了其中四個展館，有不少個巨幅長卷，如果一些規模比較小的展館，必定放不下，掛不起，展不開。眼前的一切，絢麗奪目，創意非凡，實在令人歎為觀止。前來觀展的賓客，絡繹不絕。有不少顯赫的人物，也有熟識的面孔。我最高興看到的是著名編劇家何驥平、程治平夫婦，還有享譽國際的設計家哈維、小波夫婦。香港的白雪仙、楊凡也專程來到，我所熟識的詩人北島也和黑妮同時出現。還有作家李輝、應紅夫婦等等。

忽然，人羣引起一陣哄動，原來是著名歌唱家王昆、宋祖英等來到現場，奇怪的是，在如雲賓客中，卻看不到畫展主角的身影。正當我納悶之際，蔣芸小姐過來說，永玉叔叔叫我們到貴賓休息室去。

走進寬敞舒適的貴賓休息室，看見永玉叔叔正安坐在幾位熟識的朋友之中，談笑風生，神態輕鬆。他親切地和我們打招呼，請我們隨意入座、用茶、聊天。好得很！感覺真是徹徹底底的自由自在，無拘無束。

想不到，最大的出乎意料，還是在當晚的宴會上。筵開數十席之多，場面隆重豪華。文化藝術界的高層名人，先後上台致辭，面面俱到，悅耳動聽。輪到壽星公大主角永玉叔叔發言，卻是出乎意料地簡短明了：

「從展覽中，你們可以看到很多我勞動的痕跡。勞動是不是藝術，很難說，我也沒有甚麼把握。人嘛，活到 90 歲了還在工作，我的勞動態度還是可以的……」

寥寥數語，風趣幽默，立刻引起了哄堂大笑。

深刻人間

「深刻人間」，是著名版畫家，也是我最敬仰的父執黃新波作品展覽的題目。展覽的作品，集中反映新波伯伯生平的創作路向，只因新波伯伯自上個世紀三十年代以來，就一直堅持以作品來表達對社會，對民眾，對「人間」的深刻關注和感受，因此，我覺得畫展的內容與題目緊緊相扣，非常貼切。

畫展的場地，設在遠離塵囂的城門河畔的香港歷史博物館。開幕的一天，我的心情就像城門河的上空一樣，明麗開朗。甫進寬敞的展覽大廳，就見到了黃元姐姐——新波伯伯的長女，她為這個展覽，奔波勞碌經年，此刻，正是碩果展示之際，只見她正滿臉春風，神采飛揚，向我張開雙手迎來；接著，看到專程從北京趕來的黃永玉叔叔，在兒子黑蠻，女兒黑妮的陪伴下，走了過來；然後，是新波伯伯的好友，德高望重的企業家鄧錕先生拄拐杖前來，還有老畫家陳柏堅先生、江啟明先生……大家都心情激動，紛紛向黃元姐姐表示祝賀之意。

開幕儀式隆重而緊湊，我們都迫不及待的要重溫新波伯伯的作品，當然，也有很多是首次見到的油畫和木刻版畫，豐富多彩，動人心魄。早在1934 年間，黃新波就受到魯迅先生的影響，積極投身於新興木刻藝術運動。魯迅先生主張以木刻版畫藝術，反映人民大眾的苦難，呼喚國民覺醒，並引入西方版畫元素，為中國版畫創立新的創作風格。黃新波認同並實踐了這些理念，創作了一系列作品，受到魯迅先生的賞識，把他的木刻版畫選輯入《木刻紀程》中，這正是中國新興木刻首部選集的作品。

在魯迅先生的啟蒙和指導下，黃新波認識了許多西方美術的風格和流派。魯迅先生還推薦黃新波給小說《豐收》作了 13 幅插畫，又為小說《八月的鄉村》作封面。後來，黃新波到日本進一步學習木刻藝術。回國以後，創作不斷，突飛猛進。當然，他的創作不僅限於木刻，還有油畫、漫畫等等，形成強烈的個人風格，有「拿刻刀的詩人」之譽。

我的父親和新波伯伯是親密的好友，無論是在香港，還是在國內，面臨重大歷史轉折的緊要關頭，他們都曾在一起工作，共同創作，情同手足。因此，我和妹妹弟弟，從很小很小的時候開始，就常常跟着父母去探訪黃新波，成為他的小「粉絲」，而他的作品，就自然而然的成了我最早的美學教育教材。黃新波為人風趣機敏，雖然是個大畫家，但對我們這些後輩出奇地「談得來」，他就像童話故事中的智者，有滿肚子的故事、笑話，還會維妙維肖地模仿各種各樣的人物。令我印象最深的，是他學滑稽皇帝走路，一搖三擺的好玩極了，把我們笑得肚子疼。還有一次，新波伯伯談到他準備開拍一部電影，反映他的學生年代的經歷，他就打着「手勢」，一邊比劃，一邊描述那些鏡頭，那麼生動，那麼逼真，在我的眼前，彷彿出現了那些畫面，一幅接着一幅，聽得我深深的入迷了。就是這樣，我從童年的時候起，就不斷地感受到黃新波的樂天樂善、親切愛意。我後來才知道，新波伯伯的身體其實很不好，哮喘病經常發作，但他生性樂觀幽默，從來不會愁眉苦臉過日子，在忍受病痛折磨的情況下，還堅持努力創作。在「文化大革命」時期，面對破壞中國文化的所謂造反派的無知惡行，黃新波十分抗拒，還敢於當面進行辛辣的諷刺批評，他的正直不阿，機智幽默，在知識分子、文化藝術的圈中，一時傳為佳話。

如今，新波伯伯已離開我們逾三十年了，但是，他留下的作品，見證了他對人間，對眾生的深切關懷，而且，還在不斷地影響着更多更多的後輩，深入人心，銘記人間。

秋白的天空

南方舊城的圖景，在仲夏夕陽的映照下，別有一種隱隱的古意。

沿街的房子不高，房子背後露出綠色的山丘，一條清澈的河流，不急不緩地穿城而過。

這就是歷史悠久的長汀古城。車上的導遊先生介紹說，這裏地處閩、粵、贛三省的邊陲要衝，是福建的邊遠山區，是客家首府，又是福建新石器文化發祥地之一。漢代置縣，唐開元年間建汀州，使之成為福建五大州之一。自盛唐到清末，長汀均為州、郡、路、府的治所。是海峽西岸經濟區的重要組成部分，是著名的革命老區和國家歷史文化名城，與湖南鳳凰一起被國際友人路易・艾黎譽為「中國最美麗的山城之一」，融人文景觀與自然景觀於一體。

當然，我已早聞汀江之名，就是毛澤東詩詞中所寫的「紅旗越過汀江，直下龍岩上杭」。

時過境遷，眼前的汀州古城，不見紅旗，百姓過着平常日子，應該是寧靜和諧的吧。正當我心安理得地想養一養神，忽聽導遊指着車窗外一個翠綠色的小山坡說：「那裏就是瞿秋白烈士就義的地方，設有一個紀念館。」

我的心一下緊縮了：瞿秋白，瞿秋白，中國近代史上一個那麼特別非凡的人物，從生到死，以至死後，都令人不安，爭議不絕。他在囚牢中寫下的、那二萬多字的遺言《多餘的話》，一直都是歷史學家、文學作家們熱烈討論的重要議題。啊！想不到此刻，我們與他的生命軌跡，正在一步一步地接近！我甚至覺得，自己體內的血液，流速也有點加快了。

翌日，在導遊的引領下，到了福建省蘇維埃政府舊址參觀。這裏原來是始建於宋代汀州試院，有寬闊的庭院，幾棵高大的古樹，枝葉茂盛。清代著名大學者、《四庫全書》總纂紀曉嵐來汀主考曾下榻於此。所以，院內有他的石雕像。院中分別設有《汀州客家歷史陳列》、《福建蘇區首府——長汀革命歷史陳列》等專題展覽。

1932 年 3 月 18 日，福建省第一次工農兵代表大會在這裏隆重召開，大會通過了一系列重要決議和宣言，宣告成立「福建省蘇維埃政府」。1934 年 10 月，紅軍主力長征後，國民黨部隊 36 師師部駐紮這裏。中國共產黨早期領導人之一，瞿秋白不幸被捕後，於 1935 年 5 月 9 日囚禁於後院的廂房。同年 6 月 18 日，在附近的羅漢嶺就義。

　　步入瞿秋白最後的囚禁地，首先入目的是他的半身銅像，頓時有一種難言的壓抑感籠住了人心。走進去之後，看見隔壁房間，擺放着牀鋪，臨窗處有一張小書枱，枱上有筆墨。瞿秋白在生命最後的日子，就是在這裏寫下二萬多字的遺文《多餘的話》。

　　「知我者，謂我心憂；不知我者，謂我何求。」何必説？

　　瞿秋白在文章的序言中如此表白。這實在是一個書生革命家，以一種獨特的方式向世人作出的剖心直説。著名作家丁玲曾是他的學生，又是摯友，對《多餘的話》十分理解：「那些語言，那種心情，我是多麼熟悉啊！」「非常同情他，非常理解他，尊重他坦蕩胸懷。」卻又指出，瞿秋白的坦率和真誠「是一般人不易理解的，而且會被某些思想簡單的人，淺薄的人據為話柄，發生誤解或曲解」。

　　丁玲這些話，不幸被言中。有説瞿秋白寫《多餘的話》是對敵人有所「求」的，及至「文革」前夕與「文革」中，「變節自首」、「叛徒自白」的謬説，導致了席捲全國的「討瞿」行動，紅衛兵更進行過激烈的挖墳鬥屍舉動，駭人聽聞。最奇怪的是，1950 年 12 月 31 日，毛澤東應瞿秋白夫人楊之華的請求，為馮雪峯主持編輯的《瞿秋白文集》題詞。毛澤東在題詞中説：「瞿秋白同志死去十五年了。在他生前，許多人不了解他，或者反對他，但他為人民工作的勇氣並沒有挫下來。他在革命困難的年月裏堅持了英雄的立場，寧願向劊子手的屠刀走去，不願屈服。他的這種為人民工作的精神，這種臨難不屈的意志和他在文字中保存下來的思想，將永遠活着，不會死去。瞿秋白同志是肯用腦子想問題的，他是有思想的。他的遺集的出版，將有益於青年們，有益於人民的事業，特別是在文化事業方面。」這段題詞，「文革」時期卻無故被「消失」。直到「文革」後，瞿秋白「自首」、「叛徒」説被否定，再次為他「平反」。

事實上，瞿秋白寫《多餘的話》，是非常坦誠的，當時他所置身的境地，使他只能以一種特別的筆法，寫下他對自己曾有過的追求以及對這種追求的失落、扭曲的思索和抗議。這在一般人心中，或不能完全理解，也不會為他的烈士形象增添光環，但卻讓人看到了書生革命者的一顆真誠豐富的心靈。

　　眾所周知，瞿秋白富有文采，贏得了魯迅的尊重。瞿秋白在上海時，曾經去魯迅家做客，魯迅和許廣平睡地板，把牀讓給瞿秋白夫婦。瞿秋白被捕後，魯迅便與茅盾、鄭振鐸等相商，籌劃為瞿秋白出本書。瞿秋白犧牲後，魯迅抱病忍痛，負責編輯、校對、成書的全過程。

　　我站在瞿秋白寫《多餘的話》的書桌前，從上面的窗戶望出去，是一個小小的天井，天井上是一方小小的天空。瞿秋白寫的最後文字，天空就是最早的唯一的「讀者」，確實是一片真心可對天。他的文章裏沒有甚麼英雄的豪言壯語，只是一字一句的依心直說，這樣的文章才是最真情流露，也最能打動人心的。他在文中提到的最好吃的豆腐，我也在長汀吃到了，用小巧的蒸籠裝着，以各種配料任意調味，很鄉土，又很家常，山青水白，鮮嫩可口，真是一流，我更覺得瞿秋白的話可信可親，一點兒也不多餘！

雲之南與雲南王

入秋的雲南，天藍如深海，雲薄似輕紗。今年才落成的昆明機場，出乎意料的寬廣，比之北京首都機場，有過之而無不及。

記憶中，曾來過昆明兩次：第一次是陪同被禁出境的家翁羅孚來旅行；第二次則是為香港的電視台帶隊來拍攝紀錄片。時隔十多年，看來昆明是大變特變了。

雲南大學的教授親自來接機，驅車直達國賓館。日前從美國來的龍繩德先生和太太，笑吟吟地出來招呼。這國賓館，原來名叫「震莊」，當年正是龍繩德先生的父親龍雲建立的公館。1950 年，龍雲將震莊贈送給政府。龍繩德先生告訴我們，最初龍家建震莊，主要是作為接待賓客所用，平時只有龍雲的長子龍繩武在此居住，而龍家其他人都住在威遠街龍公館。龍雲家是昭通的彝族土司，府裏養着家丁，震莊修建時仿照了龍雲老家的模樣，進大門就有碉樓式建築，這些碉樓至今仍然保存。當時昆明城的城牆就在盤龍江邊青年路上，震莊地處郊外，周圍環境很幽靜。而現在，震莊國賓館已是地處昆明中央商務區核心區廣場位置。這裏曾經接待過英國伊麗莎白女王，國家主席胡錦濤也曾在此下榻。庭院依舊，湖光映照，人稱「雲南王」的龍雲往事，彷彿都歷歷在目。

龍雲生於雲南昭通炎山，字志舟，原名登雲。彝族人，彝名納吉鳥梯。他早年參加過反清鬥爭，1911 年加入滇軍，後任國民革命軍第三十八軍軍長，之後在與胡若愚爭奪雲南統治權的鬥爭中獲勝，1928 年被蔣介石任命為雲南省主席兼國民革命軍第十三路軍總指揮等職。1929 年秋統一了雲南，共主政雲南 17 年。

在抗日戰爭期間，雲南地處後方，但龍雲先後派遣滇軍二十多萬赴抗戰前線，參加了包括「台兒莊戰役」在內的二十多次戰役，傷亡十多萬，為抗戰勝利作出巨大貢獻。抗戰勝利後，龍雲遭蔣介石猜忌，1945 年被調至中央任「軍事參議院院長」的虛職，被軟禁三年。1948 年，在陳納德等人幫助下，龍雲從南京出走香港，脫離蔣介石的控制。不久加入中國國民黨革命委員會。

1950 年從香港赴北京，歷任中央人民政府委員，國防委員會副主席，中國國民黨革命委員會中央副主席等。1957 年，在反右運動中，龍雲因批評時事被劃為右派，1962 年在北京去世。在「文化大革命」期間，他在石林上的題字也被刮掉。1980 年其右派問題被平反，之後，其在石林上的題字又被放在石林上。

翌日，我們在龍繩德夫婦的帶領下，到翠湖旁邊的講武堂去。泥黃的跑道，環繞着草青的操場。高高豎起的旗杆，自有一種蕭穆莊嚴之氣。龍繩德先生告訴我們，他父親龍雲以及父親的表弟盧漢兩位國民黨上將在內，「一門三將」都出自講武堂。龍雲和盧漢都是講武堂第四期學生，當時與朱德所在的第三期很接近，因此與朱德等人也很相熟。在小輩之中，他大哥和三哥都是講武堂畢業生，大哥後來也成了國民黨陸軍中將。

在講武堂學習期間，發生了一件改變龍雲命運的大事。那是他畢業前這一年的夏天，講武堂的校長雲南督軍唐繼堯請來一位法國拳師當教練。法國拳師也很有個性，要求擺擂台比武，幾位學生都被打倒了。同學們知道龍雲武功了得，就建議他上台。龍雲才跟法國拳師交上手，拳師就喊暫停，檢查他的手，以為個子不高、長得精瘦的龍雲手上藏有暗器，因為龍雲的手非常硬，打得拳師疼痛難忍。一檢查，哪有甚麼暗器！比武繼續，龍雲施展拳腳，很快就把法國拳師打下擂台。這位拳師不好意思繼續任教，自己辭行回法國去了。這場擂台賽令唐繼堯注意到了龍雲，龍雲畢業後，唐繼堯親自點名，將他從昭通調回昆明擔任唐繼堯警衛團中隊長，後任大隊長，從此嶄露頭角，命運由此轉折，而關於這場比武勝利，每每提起來，龍雲都很自豪、很開心。當時比武就一天，龍雲也不是穿草鞋，但在後來的一些記述中，這場比武卻被傳成了三天，鞋子也變成了能飛出去的草鞋。

看當年龍雲大顯身手的講武堂，如今還保持着原貌，並且設立博物館，公開展覽。為更多更深入了解龍雲和講武堂，以及雲南的歷史、文化，我們在館旁的書攤「尋寶」，同行的許禮平先生發現絕版舊書，不惜以十幾倍的價錢「搶購」。羅海雷開玩笑地問賣書人，「看看我們這些人，誰最像龍雲？」對方把目光落定在龍繩德先生身上，說：「如果戴上一副眼鏡，就會更像了。」眾人皆大歡喜。

俠骨文心永不逝

　　敬愛的陳文統伯伯——令香港人引以為榮的著名作家梁羽生大去了，悼念的活動，紀念的文章，多月來連綿不斷，匯成情感的川流，不時掀起波瀾，衝擊人心。但是，我仍然不能相信，那樣可親可敬的文壇長輩，已將永遠離開了他熱愛的世界，離開了我們，以至於本來就要寫的這一篇文章，一直遲遲不敢下筆……

　　然而，在編輯老總的催促之下，我不能再拖了。動筆之時，從何説起？我的思緒，苦苦地追溯着萍蹤逝水，回到最初，最初……

　　最初聽到梁羽生這個名字，我還是處於中國內地「白天讀毛澤東著作《老三篇》，晚上看八個樣板戲和電影《老三戰》（《地道戰》、《地雷戰》、《南征北戰》）」的「文化大革命」剛告結束之時。一部石破天驚的香港電影故事片《白髮魔女傳》在內地上映。真不得了！原來，在文化藝術的世界裏，除了報仇雪恨鬥志堅的白毛女之外，還有集浪漫，傳奇，武藝高強於一身的白髮魔女大放異彩，魅力無窮！我是頭一次開了眼界，才知道了有「武俠小說」這一種文學類別存在。令我的想像空間一下子打開了，如此寬闊，如此精彩，如此自由，如此美妙！

　　當然，更令我佩服的，就是創造了「白髮魔女」這一文學形象的作家，他的幻想力簡直是打破了時空限制，也打破了成人文學和兒童文學之間的界別，令我這麼一個還是在人生青澀階段的觀者／讀者，被深深的吸引住，非常喜歡看他的作品，包括電影和文字，看得如痴如醉。從此，我也牢牢地記住了創作者的名字：梁羽生。

　　到了香港以後，我才知道，梁羽生本名陳文統，他和我尊敬的另一長輩，家翁羅孚同在一家報紙工作，同為一個副刊專欄寫文章。上個世紀 50 年代當香港的一個武術門派在澳門打擂台的時候，羅「靈機一動」，讓梁寫出了第一部新派武俠小說《龍虎鬥京華》。自此之後，梁羽生的文名廣為人

知，《七劍下天山》、《還劍奇情錄》、《冰魄寒光劍》、《塞外奇俠傳》、《飛鳳潛龍》、《武林一劍》、《萍蹤俠影錄》、《冰川天女傳》、《聯劍風雲錄》、《雲海玉弓緣》、《武林天嬌》、《白髮魔女傳》⋯⋯一部接一部的作品，是梁羽生在他一手開闢的武俠新文學園地上辛勤勞動，默默耕耘下結出累累碩果。

由於種種原因，我要等到上一個世紀末期的時候，才有機會見到大作家梁羽生 —— 陳伯伯。那次是羅孚宴請他，我特別興奮而又緊張，帶了他的很多作品，準備請他簽上大名，但是總有點不好意思，在敬重但是陌生的大師面前，實在是羞於開口。萬萬沒想到，這位大名鼎鼎的武俠新文學作家，甫見到我，就笑眯眯的說：「周蜜蜜，這個名字不好對，我想了很久，還沒想出來。」

原來大作家在動腦筋想對子呢。看他一臉的開朗開心，全無架子，我的心情頓然變得輕鬆愉快了。讀過他寫的書，都知道他的古典文學修養非常之好，文字描寫生動精緻，而且很有韻味，詩情洋溢，也很講究字、詞的對仗，寫作對聯，尤為出色。在日常生活中，就連熟知的人的名字，梁羽生也喜歡拿來琢磨，對比和研究，配成對子。比如，他說「金庸」可以對「石慧」，巧妙得很。更好玩的是，他提起著名翻譯家楊憲益曾作過一副十分幽默的對聯：「已無金屋藏嬌念，尚有銀翹解毒丸。」他講出這副對聯時，帶着特有的口音，重點放在那個「解毒丸」的「丸」字，聽起來更覺滑稽，印象深刻，把席上各人逗得笑聲不絕。如果把他的話都錄下來，那可編成一本妙趣橫生的語文知識小冊子哩。

梁羽生和羅孚，既是好朋友，好同事，又是好同鄉，他們無所不談，無拘無束，一席晚宴，吃得很愉快，我則見識了梁羽生 —— 陳伯伯智慧，風趣，隨和，樂觀的真性情，跟他交談，更是獲益匪淺。

不久之後，陳伯伯移居澳洲，但是他並沒有忘記香港和這裏的好朋友。他每次歸來，羅孚或是他們共同的朋友，都會輪流請客，歡聚暢談。我也常有幸叨陪末坐。記得有一回，我剛從廣西，就是我的家鄉，也是梁羽生和羅孚的老家拍攝電視紀錄片歸來，在席上，我提起在那邊的見聞，陳伯伯大感

興趣，當即約定我，翌晨到他下榻的酒店去共進早餐，繼續長談。對於廣西開發的各方面近況，陳伯伯問的很詳細，充分顯露出他對家鄉懷着深切的關愛之情。我和他講起太平天國在他家鄉留下的歷史紀錄，他更是感慨激動，也談到了有關方面的寫作大計。那時候，我覺得梁羽生這樣的作家，魄力真大，簡直就是可以指點歲月，氣吞山河，文學創作的雄心壯志，永遠也不會老！

幾年以後，梁羽生和羅孚，果然應家鄉的文化學術界邀請，回到家鄉去演講和參觀。廣西師範大學還向梁羽生頒授名譽教授，他的老家蒙山縣的「梁羽生公園」同時動工，這都是非常美好的事情，我們都為之而感到高興和鼓舞。

到了 2006 年，梁羽生回香港參加天地圖書公司的 30 週年慶典之後，不幸中風，但是他一直以樂觀的精神，堅強的意志，與病痛作戰。他在澳洲治病期間，我不斷地接到和他關係密切的人們，像《澳洲新報》前總經理吳承歡先生，澳大利亞華人文化團體聯合會的何與懷博士，香港中文大學的楊健思老師，前前後後地報告着梁羽生的情況，還有照片傳真。最令人開懷的是去年 11 月，澳大利亞華人文化團體聯合會向梁羽生頒發了「澳華文化界終身成就獎」，我高高興興地在《香港作家》雙月刊上發佈了這個喜訊，又率先刊登了何與懷博士為此而寫的文章……這一切一切，怎麼能讓人置信，梁羽生會離開呢？

「俠骨文心，笑看雲霄飄一羽；

孤懷統覽，曾經滄海慨平生」

這是梁羽生親自寫下的對聯，也正是他一生的最佳寫照。我拿出他親手題贈的大作《筆花六照》，厚厚的一本散文集，份量非常之重，這是武俠小説大師文史修養豐厚的最好佐證，一讀再讀，我又看到了他那顆不老的文心，閃閃發光，光耀天地。

南 斗 文 星 高

在深春的一個五月夜，家翁羅孚在睡夢中仙逝，悄悄的、不帶走一絲雲彩。他的一生，漫長而坎坷，與香港文壇結下了不解之緣。他大去之後，並沒有留下甚麼遺產，只有一櫃一櫃的書籍，家人按照他的遺願，全部捐獻給家鄉桂林的公共圖書館。另外還有的就是他催生香港新派武俠小說，大力推廣香港文學和作家而廣為流傳的文壇佳話。

羅孚曾經寫過《南斗文星高》一書，以精彩生動的文筆，介紹著名的作家和作品，是一部不可多得的「點星錄」。集合在這本書中的作家，從聶紺弩到曹聚仁、葉靈鳳；從梁羽生、金庸到董橋；從亦舒、西西到鍾曉陽，都是文壇上的文學明星，璀璨耀目。然而，以我在羅孚身邊所見所聞所了解，其本人也可說是置於羣星之中一個非常特別的人物，無論在任何處境、任何時候，都會發出閃閃星光，既照亮自己，也照亮着別人。

令我最難忘的是羅孚客居北京的十年期間，他把自己所受的委屈痛苦置於度外，日夜勤奮地賦詩寫文，寄情於他畢生鍾愛的文學藝術。他和京中著名的作家、詩書畫家常常聚集於一室，談文說藝，暢所欲言。那時候我有幸赴會，叨陪末座，赫見席上名家滿座：啟功、丁聰、王世襄、楊憲益、范用、黃苗子、黃永玉、郁風……真是顆顆巨星，星輝奪目。每每聽到他們各抒己見，我也深受教益，勝讀萬卷書。

羅孚與這些文化藝術界的巨星們有密切的交往。我也曾隨他拜訪過冰心、沈從文、冒舒諲等名作家。其中印象最深的，是到沈從文先生的府上的一次探訪。那是 90 年代末的農曆新年假期，正月初三的早上。那時，沈老先生剛剛中過風，正在療養康復中。因為病後體弱，他老人家那時一般都不見訪客，但羅孚的預約，例外的得到特別許可。

我們在預定的時間到達。按響門鈴，沈宅大門打開，立刻見到沈夫人——清秀優雅的張兆和先生笑瞇瞇地迎上前來，很客氣地把我們請進客廳。我一眼就看見沈老了，他正坐在廳中，穿着整齊，一頭鶴髮，面容顯得十分慈

祥,雙眼隔着眼鏡,閃閃發亮。羅孚帶着我趨前去,滿懷敬意地向沈老先生問好。

沈老微微笑,點頭作答。老人家的記性非常好,提起在數年前的文化活動場合中曾經與羅孚見過面,又關切地詢問羅孚的近況。接着,羅孚向沈老介紹我和家父周鋼鳴。沈老很高興,即時憶述了他在桂林和家父相遇的一段段往事,我們禁不住驚歎:沈老的記憶力真強!

沈老更親切地和我們一一握手。他的右手因為中風,變得萎縮,不能再提筆寫字。握着沈老的手,我的心潮起伏,就是這一隻手,在大半個世紀以來,寫下了不知多少驚世之作。可惜,有的人不能好好地珍惜它、愛護它,甚至有居心險惡者不斷地傷害它,硬是不准它拿起筆寫作,強迫它去拿掃帚地拖洗廁所。這些人應該受到歷史和公義的譴責!

我問張兆和先生,沈老最近有沒有以口述錄音方式進行寫作。張先生說沒有,因為沈老認為寫作一定要自己用筆來寫,才可以體味到箇中的苦與樂,從來不會假手於人。但一直堅持閱讀各種各樣的書刊,沒有間斷過。

羅孚談起近來在沈老的家鄉一帶,有一些新崛起的青年作家,文筆和創作風格,都與沈老早期作品的韻味相似。沈老表示了解,他們也不只一次向沈老請教。沈老對後輩的扶掖是熱情坦誠的。但願他的文學創作風格後繼有人,得以傳承。

沈夫人張兆和先生看我們談得高興,笑着取出一件最近發掘的「寶物」來。她告訴我們,這是前不久在沈老家鄉發現的一塊石碑拓本。題寫這塊石碑底稿字者,正是19歲的沈從文。這塊石碑原已深埋地下,最近因那裏的人們搞基建,無意中發現了,把它挖掘出來。適逢沈老的族姪、著名畫家黃永玉回湘西家鄉,便石碑拓印下來,帶回北京裝裱後送來。這個石碑有十數尺長,刻滿工整的字體,頌揚一位為國捐軀的青年軍官。沈老說他當年花了一個月的功夫才寫好。19歲的他能寫出這樣精美雋永的碑文,的確不簡單,沈老確是天才、多才。

不知不覺間,我們已在沈老家中度過了一個上午。沈夫人說沈老今天特別高興,精神也好。但我們深怕會影響沈老休息,儘管不捨,也只好告辭了。

萬萬沒想到，這是和沈老的最後一次見面。在沈老大去以後，有關方面遲發消息，羅孚感到不安、不平，在《人民日報》副刊先後發表了《深感於沈從文之逝世》和《關於沈從文逝世消息的雜感》，文中充滿了對沈老先生的敬意和深情，又仗義執言，令海內外的許多讀者佩服和感動。

　　如今，沈從文先生和家翁羅孚，都像流星般過去了，但他們留下的星輝光彩，依然在文壇中閃耀，照亮着後來者的道路，以至永遠。

我 家 表 叔

「……予觀夫巴陵勝狀，在洞庭一湖。銜遠山，吞長江，浩浩蕩蕩，橫無際涯，朝暉夕陰，氣象萬千。此則岳陽樓之大觀也，前人之述備矣。然則北通巫峽南極瀟湘，遷客騷人，多會於此。覽物之情，得無異乎？

若夫霪雨霏霏，連月不開；陰風怒號，濁浪排空；日星隱曜，山嶽潛形；商旅不行，檣傾楫摧；薄暮冥冥，虎嘯猿啼；登斯樓也，則有去國懷鄉，憂讒畏譏，滿目蕭然，感極而悲者矣。

至若春和景明，波瀾不驚；上下天光，一碧萬頃；沙鷗翔集，錦鱗游泳；岸芷汀蘭，鬱鬱青青。而或長煙一空，皓月千里；浮光躍金，靜影沉璧；漁歌互答，此樂何極！登斯樓也，則有心曠神怡，寵辱皆忘，把酒臨風，其喜洋洋者矣。

嗟夫！予嘗求古仁人之心，或異二者之為，何哉？不以物喜，不以己悲。居廟堂之高，則憂其民；處江湖之遠，則憂其君。是進亦憂，退亦憂，然則何時而樂耶？其必曰：先天下之憂而憂，後天下之樂而樂歟。噫，微斯人，吾誰與歸！」

這是一個炎熱的夏日，無論是自然的還是政治的氣候，都能令人感到鬱悶不適，因為當時正處於「文化大革命」的中後期，雖然急風驟雨式的羣眾運動已經接近尾聲，但正常的生活秩序還未恢復，國家民族何去何從，還未可知。

我立在手持一柄葵扇，衣着簡樸的敏之表叔面前，以不高不低的聲音，一字一句地背誦范仲淹的《岳陽樓記》。

當時，敏之表叔正值盛年，在大學裏任文學教授，卻也和許許多多的知識分子、文化人那樣，深受「文化大革命」的衝擊，大學以至於小學，已經完全停課，校長、教授、老師成為批鬥對象，學生無課可上，無書可讀，有的終日在街上遊蕩，有的到處串連「造反」。而在那些年，我剛剛上完小學，

家庭及個人生活發生了巨變，父母被派到幹校，我和弟弟妹妹都停了學，才十二三歲的年紀，柴、米、油、鹽、醬、醋、茶的生活，完全要自理，有一頓無一頓地過日子。好不容易，才熬過了沒有大人管束的歲月，直至「文革」有望結束的時光。

就在那些日子，我所敬佩的敏之表叔，從他工作的大學獲准暫時回家等待「處置」，我和妹妹按照媽媽來信所囑，前去探望。表叔痛心於我等年少失學，更痛心於他視為至高無尚的中國文學精華慘遭詆毀摧殘，難以後繼。痛定思痛，他完全不顧自己的處境困難，冒着被「革命羣眾」監管、批鬥的危險，亦無懼被控以散佈「四舊」毒素之罪名，毅然決定對我這小輩進行特別的中國文學教育。於是，他以私人珍藏的《古文觀止》讀本作為教材，讓我每天到他的家中接受教導。當然，這一切在當時的環境氛圍之中，必須非常小心的祕密進行。在約定的時間，我穿過一條條的橫街窄巷，避開途人懷疑的目光，走上那座敏之表叔居住的小小紅樓，在他的苦心教導下，學習中國古典文學課。

雖然只有我這一個小小的學生，但是敏之表叔的教學非常認真、嚴格。他首先以抑揚頓挫的聲音誦讀課文，然後逐字逐句進行講解，往往聲情並茂，講到激動之處，彷彿又回到昔日的大學講壇，渾然忘卻現場面對的，只有我這麼一個小小女生。他又要求我背誦每一篇文章，並且要用自己的語言文字，寫下注解和讀後感。就這樣，我學習了《古文觀止》的大部分篇章，內心常常十分慶幸和感激，能夠有敏之表叔的特別教導，使我在學習中國古典文學，提高自己的文學修養和語文水平中獲益良多，打下了文學文字的良好基礎。後來我升讀中學，被學校吸收進教材改革組，與老師一起編寫教科書，並且在全市區內，親自上教改公開課，得到許多師生的讚揚，我也深深感到應歸功於敏之表叔的「進補」、「補遺」式的中國古典文學教育。

不久，敏之表叔接受安排，到香港的報館擔任總編輯工作。其後，我也到香港的電視台做編劇。敏之表叔的工作雖然繁忙，對我依然十分關心。他認為電視台是一個大染缸，容易讓人思想變壞，又擔心我的編劇工作勞累，會影響文學創作的興趣和積極性，建議我轉到報館擔任副刊編輯工作，並且

鼓勵我進行文學創作。經過考慮之後，我不再和電視台方面續約，轉入報館編輯副刊。在工餘的時候，寫小說、散文，在報紙、雜誌的文學園地發表。我的拙作敏之表叔差不多每一篇都看過，並且提出中肯的意見，對我有莫大的幫助。

後來，我加入香港作家聯會，作為高層領導的敏之表叔，對我的要求更加從嚴不從寬。特別是我擔任《香港作家》雜誌總編輯的時候，敏之表叔特別囑咐我要認真做好編輯工作，儘量少登自己的作品，多發表會員的好作品。一旦有了錯漏之處，他也毫不留情地向我指出。雖然這只是我的一份義務工作，但在我擔任《香港作家》雜誌總編輯的 8 年間，都幾乎是當成為一項事業的正職來做，而且是，邊做邊學，盡力而為。

在現代京劇《紅燈記》中，有李鐵梅的一個唱段：「我家的表叔數不清……」因而「表叔」這一稱謂，成為有特別使命的人物的特別代號，也曾經流行一時。然而，我家的表叔只有一位，唯一的一位就是我尊敬的敏之表叔，也是我的始終如一的、永遠的文學良師。

永遠的文壇伯樂劉以鬯先生

上世紀 80 年代初，也是我來香港工作、生活之初，用業餘時間寫了一個短篇小說，在一家報紙的文學副刊上發表。那時候的我，對香港的文學狀況並不了解，自然而然地就將拙作交給在香港文壇和報壇活躍已久的家翁羅孚先生過目及「審判」。

「你的小說筆法，和劉以鬯先生寫的短篇小說《對倒》很相像，有意識流之風⋯⋯」

羅孚先生的評論令我感到愕然：劉以鬯先生是何方神聖？他的短篇小說《對倒》是甚麼樣的作品？我完全沒有認識和接觸。經羅孚先生這一說之後，我馬上開始閱讀劉以鬯先生的小說作品。這才「認識」了鼎鼎大名的劉以鬯先生。

原來劉先生是一位很老資格的名作家。他在 1948 年由上海移居香港。後又輾轉去新加坡、吉隆坡，最後長居香港。劉以鬯 17 歲就開始發表小說。30 歲來港定居後曾任多份報章副刊編輯，在《香港時報》、《西點》、《星島週報》主編或執行編輯。劉先生雖然年紀大，資格老，但是，他的作品很有現代感，而且是首位將意識流的現代主義寫作風格引入香港文壇。尤其令人敬佩的是，在香港這樣一個金錢至上，處處講求經濟效益的商業社會裏，劉先生堅持一邊寫流行小說，一邊編輯、創作嚴肅文學作品，從未曾間斷過。他寫的小說《酒徒》、《對倒》等作品，反映了香港知識分子的生存苦悶狀況，特別是《酒徒》中的小說主人公「酒徒」，是一個職業作家，他 14 歲就開始嚴肅文學創作，有着較高的中外文學修養，他編過純文藝副刊，辦過頗具規模的出版社，出版「五四」以來的優秀文學作品。來到香港後，為生活所逼，他不得不放棄了二三十年的努力，開始為報刊寫武打色情小說。他因此而無法不受自己良知的指責，但不寫低俗小說又無以為生，只好沉溺於酒精中，用以麻醉自己。

劉先生夫子自道般的文學作品，揭示了商業化的香港都市對於人的心靈造成的壓抑和扭曲，同時又發展出一套現代主義的敘事筆法，被視為引進意識流小說至香港文壇第一人。

我從作品上認識了劉以鬯先生後不久，就由朋友把我的一些散文轉介到劉先生主編的報刊上發表。這對初登香港文壇的我，無疑是很大的鼓勵！我很想找個機會向劉先生當面道謝和請教，但熟悉劉先生的朋友告訴我，劉先生是出名「認稿不認人」的，登門拜訪就沒有必要了。於是我只好打消了向劉先生當面道謝的想法。

過了一段時間，風聞劉先生創辦主編全新的香港文學雜誌《香港文學》，我也感到非常高興。但那時我的本職工作是在電視台和報館媒體，也無暇兼顧業餘創作。直至一次去菲律賓參加一個國際會議，順道也去旅遊觀光，回香港後寫了一些小詩、小文，熱衷於文學創作的朋友看到了，即時為我向《香港文學》投稿。沒想到很快就得以發表，圖文並茂。那時候的彩色印刷價高而珍貴，劉先生主編的《香港文學》雜誌美輪美奐，色彩豐富，是一本香港不可多得的美學和文學兼備的期刊，看得人心花怒放！從此，我即使工作再忙，也狠狠地擠出時間和精力，向這本非同一般的文學雜誌、向尊敬的劉先生投稿。在此期間，我會不時地收到劉先生的親筆來信，總是鼓勵有加，也在在顯現出他對雜誌編輯工作的嚴謹認真態度，使我對他的尊敬與日俱增……

時隔不久，香港作家聯會宣告成立了，我有幸被吸收為會員，終於第一次見到了景仰多時的著名作家、榮譽會長劉以鬯先生。已經步入晚年的他一頭銀髮，但是一雙眼睛炯炯有神，似乎與他的實際年齡不大相符。我即時對他表達了敬仰之情。劉先生和藹地笑了，用帶有上海口音的國語説話，卻完全沒有名家長輩的架子，使我可以放心地和他輕鬆交談。我問劉先生，長期以來一手寫通俗的文字專欄，一手創作嚴肅文學，會不會覺得心理負擔很重，太過緊張勞累？

劉先生笑着説：「不會的。寫那些通俗的文字，其實是很容易就賺到稿費的了。」

劉先生的回答，實在有些出乎我的意料之外。接着，他就憶述在撰寫專欄文章最多的時期的生活狀況：「我那時候一天最多要寫好幾個專欄的文字，我都是一早寫好了，交去報館，就過海去喝咖啡。如果想到甚麼好的題材，就創作自己想寫的小說。這樣的寫作生涯也能隨心隨意。」

我聽了忍不住說：「劉先生，您好厲害哦！」

劉先生爽爽地笑了。

這確實是我親眼見到劉先生之前完全想像不到的。我告訴劉先生，在電視台擔任編劇工作，我就像製衣廠的車衣女工那樣，每天流水式地編寫逾萬字的流行通俗電視劇的劇本，一枝筆也寫得「流」了，滑了，恐怕再也回不到嚴肅文學創作的岸上去。劉先生卻認為這是不會互相影響的，只要有堅定的嚴肅文學創作理念，就會創作出有自己風格的嚴肅文學作品。其實他自己本身就是一個最佳的典範，最好的榜樣。

後來，在各種各樣的文學活動中，都有機會看到劉先生的身影，他的精力實在也是驚人的，我最愛聽他對於一些香港重要的文學作家作品的評論意見。記得他對也斯的評價相當高。

導演王家衛根據劉先生的的小說作品，拍成電影《花樣年華》，反應熱烈。我看了，也感覺興奮。之後，見到劉先生，我對他說：

「劉先生，王家衛導演在電影的字幕特別鳴謝您呢，您的小說作品給了他很大的啟發吧？」

劉先生說：

「他拍電影之前，是有來訪問過我，但那電影是他的作品，不是我的。」

我說：

「可梁朝偉扮演的男主角，和劉先生有點神似，是不是有您的影子呢？」

劉先生笑了，說：

「那是導演的想像，我做編輯的時候，不是這樣的。當然梁朝偉也是演得好的。」

就是這樣，我能和劉先生無所不談，還記得曾經向他請教過集郵的知識，他也很有耐性地一一道來。

在我的印象中，劉先生向來身體健康，精力充沛，這和他的良好生活習慣有關。每有夜宴活動，他總是很少進食桌上佳餚，而且提早告退，因為要例行已定的作息時間，又聽說劉先生通常不會吃甚麼大魚大肉，只喜歡吃新鮮的果、菜。而且，劉先生堅持每天步行，有不少朋友在遠離劉先生住宅的地區路遇過步行中的劉先生，都感到十分驚訝⋯⋯

正當香港的文學圈準備為敬愛的劉先生舉行百年華誕的各種紀念活動時，劉先生卻悄然遠去了。儘管他以近百高齡告別人世，我還是覺得事出突然，不願相信，因為從來也沒有想過劉先生會離開香港文壇，離開我們。文學作品就是作家的生命，如今我還是堅信這一點。敬愛的劉先生，您在香港文壇留下的足跡永存，您的作品依然影響着一代又一代有志於文學創作的後來人，繼續前行，不止不息。

文壇良師

　　蜚聲海內外文壇的著名作家黃河浪，以散文和詩歌的創作成就享譽華文世界，是我最敬仰的文學前輩之一。原名黃世連的黃河浪先生，從福建移居香港，再到夏威夷定居。他的文學才華超卓，無論在何時何地，創作不輟，碩果纍纍。先後發表了詩、散文、散文詩、評論等大量的作品。黃先生曾獲香港市政局舉辦的首屆中文文學創作獎冠軍，另外，還出版了詩集《海外浪花》、《大地詩情》、《天涯回聲》、《香江潮汐》和散文集《遙遠的愛》，中英對照詩集《黃河浪短詩選》，《披黑紗的地球》等。作為在香港和夏威夷的文壇中赫赫有名的作家，黃河浪先生在文學創作上取得了驕人的成就，留下了豐厚的文學遺產；同時，更在推動世界華文文學發展及台、港、澳各地的文學交流上盡心盡力，勞苦功高，為繁榮和發展中華文化作出了重大的貢獻。

　　回想當初，我是通過拜讀那一篇文字清新，意象豐富的美文《故鄉的榕樹》，而認識黃河浪先生的。

　　那是我剛剛從廣州到香港定居的 70 年代末，黃河浪先生在香港寫下《故鄉的榕樹》一文，他以優雅細膩的筆觸，真摯動人的語言，在文章中表達了對故鄉深深的眷戀之情：

　　「……那天特別高興，動了未泯的童心，我從榕樹枝上摘下一片綠葉，捲製成一支小小的哨笛，放在嘴邊，吹出單調而淳樸的哨音。小兒子歡跳着搶過去，使勁吹着，引得誰家的一隻小黑狗循聲跑來，搖動毛茸茸的尾巴，抬起烏溜溜的眼睛望他。他把哨音停下，小狗失望地跑開去；他再吹響，小狗又跑攏來……逗得小兒子嘻嘻笑，粉白的臉頰上泛起淡淡的紅暈。

　　而我的心卻像一隻小鳥，從哨音裏展翅飛出去，飛過迷濛的煙水，蒼茫的羣山，停落在故鄉熟悉的大榕樹上。我彷彿又看到那高大魁梧的軀幹，鬈曲飄拂的長鬚和濃得化不開的團團綠雲；看到春天新

長的嫩葉，迎着金黃的陽光，透明如片片碧玉，在裊裊的風中晃動如耳墜，搖落一串串晶瑩的露珠。

我懷念從故鄉的後山流下來、流過榕樹旁的清澈的小溪，溪水中彩色的鵝卵石，到溪畔洗衣和汲水的少女，在水面嘎嘎嘎地追逐歡笑的鴨子；我懷念榕樹下潔白的石橋，橋頭兀立的刻字的石碑，橋欄杆上被人撫摸光滑了的小石獅子。那汩汩的溪水流走了我童年的歲月，那古老的石橋鐫刻着我深深地記憶，記憶裏的故事有榕樹的葉子一樣多⋯⋯

站在橋頭的兩棵老榕樹，一棵直立，枝葉茂盛；另一棵卻長成奇異的 S 形，蒼虬多筋的樹幹斜伸向溪中，我們都稱它為「駝背」。更特別的是它彎曲的這一段樹心被燒空了，形成丈多長平放的凹槽，而它仍然頑強地活着，橫過溪面，昂起頭來，把濃密的枝葉伸向藍天。小時候我們對這棵「駝背」分外有感情，把它中空的那段凹槽當作一條「船」。幾個夥伴爬上去，敲起小鑼鼓，以竹竿當槳七上八落地划起來，明知這條「船」不會前進一步，還是認真地、起勁地划着。在兒時的夢裏，它會順着溪流把我們帶到秋苗青青的田野上，繞過燃燒着火紅杜鵑的山坡，穿過飄着芬芳的小白花的橘樹林，到大江大海去，到很遠很美麗的地方去⋯⋯」

這樣優美的文字，如詩如畫，情文並茂，把故鄉的景，故鄉的人，故鄉的事，真切感人地融匯其中，尤其是對故鄉的榕樹描繪，猶如注入了生命的熱血，充滿了激情、活力，又質樸自然，天真純潔。更難能可貴的，是作者的一顆童心，在字裏行間顯露無遺。

結果，黃河浪先生以這篇優秀的作品，獲得香港市政局舉辦的首屆中文文學獎散文組冠軍，從此聲譽鵲起，文名大振。及後，這篇散文被廣泛轉載評論。由 80 年代開始，更獲編入中國內地的高中語文課本及大學教材，長期使用。

進入 21 世紀，《故鄉的榕樹》還和黃河浪先生的另外數篇散文，包括《春

臨太平山》、《維園中秋夜》、《愛石的人》等，連續被選入香港語文課本或教材。我因為在香港多年從事中小學語文教科書的編撰工作，曾多次與黃河浪先生的作品「相遇」，每每都帶來無限的欣喜。

隨着時間的流轉，《故鄉的榕樹》，感動着和教導着一代又一代的學生及讀者，至今已成為黃河浪先生流芳文壇的傳世之作了。

我得以見到黃河浪先生真人的機會，是在一次香港作家交流的活動中。由於我是以寫作兒童文學為主的，向來被不少人輕視為「小兒科」之列，因此，在黃河浪先生這樣的大作家面前，難免有誠惶誠恐、戰戰兢兢之感。但當我看到黃河浪先生清秀的臉上，現出了和藹親切的笑容，沒有一點兒文學大家的架子，令我的顧忌和拘束漸漸消除了，開始和先生交談起來。自此之後，黃河浪先生成為我文學創作，包括兒童文學創作事業的良師益友。當我出版了第一本兒童詩集《親親》時，便大着膽子寄奉予黃河浪先生，懇切地期望他批評賜教。

很快地，我接到了黃河浪先生的回覆，令我喜出望外，他對我的兒童詩集進行了認真的研讀，並作出十分詳細而深刻的評論。

黃先生引經據典，指出：

「詩人寫兒童詩，常見有兩個角度，一是寫大人眼中的兒童，一是寫兒童眼中的世界。站在大人的角度寫小孩，最關鍵是要捕捉兒童的神態和表情，如：楊萬里的『日長睡起無情思，閒看兒童捉柳花。』一個『捉』字，把柳絮飄舞、兒童追逐的形態活畫了出來。『兒童急走追黃蝶，飛入菜花無處尋。』也有異曲同工之妙。袁牧的《所見》詩寫道：『牧童騎黃牛，歌聲振林樾，意欲捕鳴蟬，忽然閉口立。』最後一句，將牧童屏息靜氣，躡手躡腳，想捕捉鳴蟬的表情動作刻畫得非常生動。」

「站在兒童的角度看世界，詩人必須把自己當作小孩，以他們的口吻來説話。泰戈爾的《金色花》就以小孩的語氣來寫：『假如我變成一朵金色花，為了好玩，長在樹的高枝上，笑嘻嘻地在空中搖擺，又在新葉上跳舞，媽媽，你會認識我麼？……』將小孩活潑頑皮的心理以及對母親的感情很細膩地表達了出來。你的兒童詩大部分也屬於這一類，如《団団的夢》《牧羊人》《水仙花

的祕密》《月亮洗臉》等，都是模擬兒童的口吻來寫的，有一種稚拙的美。《牧羊人》一詩，把自己比作活潑的小羊羔，而把媽媽比作永不會疲倦的牧羊人，『把我們放到公園的草地上任我們跳啊，滾啊，玩個痛痛快快！』比喻很新鮮別致，符合兒童的性格特徵。」

黃河浪先生又語重心長地說：

「寫詩不能沒有想像力，寫兒童詩似乎更加需要。想像是詩人透明的翅膀，可以飛越時空，而不斷擴展詩中的境界。……提到想像，我們會發現一點：就是兒童的思路或邏輯與成年人並不相同，詩人如能準確地把握這一特徵，往往能產生奇妙的詩趣。兒童詩人（也是散文詩人）郭風，曾寫過蝴蝶和豌豆花的對話：『豌豆花問蝴蝶道：你是一朵飛起來的花嗎？』他又形容太陽：『像爸爸一樣，是會吸煙的』等等，這些想像都富有生活趣味。雖是常見的普通事物，經過巧妙的比喻和擬人化，立刻呈現出特殊的藝術效果。你的詩中也有不少這類精心的比喻和想像，比如說掉下的小門牙『看看變成一粒豆』，說未抽芽的水仙像個『傻頭傻腦的大蒜頭』，說『太陽是月亮的媽媽，每晚都催月亮去洗臉刷牙，用雲朵作毛巾……』等等，都很符合兒童的思維特徵，看了令人忍俊不禁，發出會心的微笑。」

由此可見，黃先生並沒有因為自己是大名鼎鼎的詩人、作家，就輕視忽略兒童文學，而是非常誠摯、中肯，以自己深厚的文學修養和豐富的寫作經驗，特別是他長期以來所積累的、對兒童文學的理解和研究心得，毫無保留地對我這後輩作出悉心的指導與熱情的鼓勵，真是字字珠璣，引領着、鞭策着我在兒童文學創作的道路上努力前行。敬愛的黃河浪先生，實在是我一生難忘的文壇恩師，令我永遠欽佩、永遠感激、永遠懷念。

尋 源 與 歸 根

　　一位學者朋友從美國來香港文化博物館發表演說，引起極大的反響。她是研究歷史的，原來研究中國的歷史，現在又擴大到研究中國的飲食文化歷史，在海內外大受歡迎。那一次演講之後，我們共進晚餐。席間，談起她最近的學識研究，她興致勃勃地告訴我，近來經歷了一次「探險」行動——原來，她為了調查收集早期華工到美國建築鐵路的歷史，專程到西部一個農場去。當年，那裏曾經是客死他鄉的華工臨時停屍場。為了落葉歸根，屍骨還鄉，華工的遺體都不在美國落葬，而是等待船期，運回家鄉。

　　為了尋找昔日的歷史痕跡，她找到了現在的農場主人——一位本地的美國白人。起初，他的態度很差，顯得很不耐煩。但當她說出當年在這裏做苦工的華人慘事，對方的態度有了一百八十度的轉變，十分熱情地帶領着她，在農場裏考察。

　　農場的範圍很大，當年華工停屍的地方，已長滿青草野花，令人感慨。自上世紀初以來，華人的足跡，遍佈海外，四洲留痕。他們離鄉背井，除了自己謀生之外，為各地開發建設所作的貢獻，也是有目共睹的。回顧這些，歷史總是令人唏噓不已。

　　今年炎夏之際，從香港到閩西訪問，首次踏足寧化海西客家始祖文化園。甫進園，就看見石壁村遺跡。據說這就是客家祖地、客家搖籃，也就是如大海奔流的客家文化發源地了。站在這裏，我感到有些激動，激動之中也有些迷惘：

　　曾經聽父親說過，我們的祖先是福建客家人，為了生活，走到廣西少數民族地區落籍。所以我們一向報寫的籍貫是廣西，也有人誤認為我們是少數民族同胞……

　　可是，我們的根源，真的是就在這裏，就在這個客家的祖居之地嗎？

　　我不能肯定。

　　父親已經不在了。

在那戰亂連年，劇變不斷的時代，父親背負着文化的使命，民族的願望，從窮鄉僻壤走到繁華的都市，繼而又到了海市蜃樓般的香港，用手上的一枝筆求生，奮鬥了一輩子。

後來輪到我走他的路，不同的只是我在香港的筆墨生涯，總算無驚無險，相對較為平靜。我從未回過家鄉，也沒有甚麼家鄉觀念，都說香港像是一個漂浮的小島，我就做了一個漂泊的香港人。

站在石壁遺跡前的一刻，我實在是「近鄉情怯」了。

回過身來，展現在眼前的，是寬廣平坦的廣場。按照傳統，客家每年清明節和農曆八月初一拜祭祖先，偌大的廣場，就是近年為世界客屬石壁祖地祭祖大典而興建的，至今已經連續舉辦了17屆。前來參加祭祖的，有來自全球三十多個國家及地區的五十多萬人次，可以想見，場面何等宏偉！

廣場的兩側，設有各種不同姓氏的海外客家人捐款建立的祖宗祭壇，其中的捐獻者，有我所熟悉的港澳名人，他們都在這裏尋到了自己的根源，更非常看重這祭祖大典，每年舉行，必定前來，親自參加，祭壇見證了他們認祖歸宗的摯誠。

穿過寫着「客家祖地」的巨型石雕牌樓，拾級而上，是氣派非凡的客家祖廟。我生平第一次走進了祖先的廟宇，説不清是興奮是驚喜是感傷是悽惶是悲涼……

廟祝過來教我燃起幾炷香，向着祖先神位俯首拜祭。

至此，我的心緒安穩平定下來了。

追根溯源，客家人是我國漢民族中一個特殊的人羣共同體，專門研究客家文化的學者將其稱為漢族客家民系，具有特殊的方言、特殊的風俗、特殊的社會心態和特殊的生計方式。客家先民，原屬黃河流域和江淮流域之漢人，由於天災人禍，遠離故鄉，輾轉遷徙移居到贛閩粵交界的大山區中，所到之處，形同過客，當地人叫他們做「客」或「客人」、「客仔」，他們自己也以「客」自居。久而久之，就有了「客家」的俗稱。

放眼天下，遍佈海內海外世界各地的華人，身，在異域；根，在神州，普遍懷有過客的心態，就像世紀之初，那些一心一意堅持「馬革裹屍還」的北美華工，到死也不忘祖國祖家。

如今我腳踏着客家始祖的發源地，面對着列宗各姓的牌位，內心泛起一種從未有過的寧謐，有如落葉無聲，歸燕無語，唯有一種默念，縈繞於腦際：父親啊，我的父親，你和我雖然分處於在天上人間，但我相信我們的心靈一直相通。如今我實實在在地回到祖居中之祖居，客家人真真正正的家園，從此以後，無論走得多遠，活得多久，也心繫此間，永無阻擋。

我 與 香 港

一、源自上一代的香港緣

拜讀趙蘅女士的大作《悠悠往事過香港》，覺得十分親切，也觸發了我對香港的一些人和事的回憶。我也是在內地長大的，而到香港來，也是和上一代的香港因緣有關。我在趙女士的文中，看到了不少人的名字：楊憲益、陶令昌、畢宛嬰……也都是我曾經見過和認識的，更多多少少與上一代有關係。

我的母親有一個姑媽，最早學習馬列主義，和陳獨秀是好朋友，她到過蘇聯開會，辦過中國第一個女子職業學校，20 年代初在廣州被國民黨槍斃。當時家裏人就很怕事，母親就跟着外婆外公來到香港，在香港度過童年，直到讀中學才回到廣州。後來讀大學的時候廣州淪陷，母親隨學校遷往香港，借香港大學課室上課。直至她 21 歲，還是一個在讀研究生時，在大學導師曾昭森的支持下，創辦《新兒童》半月刊，這是香港有史以來第一本兒童文學半月刊，「雲姊姊」是母親的筆名。在動盪的年代，《新兒童》慰藉了東南亞一帶無數兒童和家長的心靈。

我的父親於抗日戰爭時期，和一批內地文化人到香港來，曾在達德學院執教。他寫過一篇散文《香港：冒險家的樂園》，他形容：「這裏真是有着比《上海：冒險家的樂園》裏更複雜的人物，更錯綜的國際關係，侵略者更大的陰謀，更多的諷刺和暴露的材料……雖然我們不是在『樂園』裏逍遙，但香港可以給我們更豐富的探險 —— 一個報告文學者的探險。」

1950 年，我的父母親回內地結婚以後，就一直在那裏生活，所以，我是在內地出生和成長的。後來，我和一個生在香港長在香港，到內地求學的「香港仔」（為證實兒子是 100% 香港生產的「香港仔」，他的父親曾給他取名為「海鮮」）結了婚，適逢內地重新開放，才來到香港 —— 這個與上一代有深厚淵源的地方來。

那時候，我剛剛懷了孩子，父母親不在身邊，香港於我來說，完全是一

個陌生之地，但上一代與這裏的人和事，那種帶有歷史性的密切關係，卻隨時隨處可感。母親有一個堂姐姐，丈夫是在英國受教育的大律師。雖然已經退休，但投資有道，擁有人造仿象牙筷子廠，藥物加工廠等等。他對中國文化非常熱愛，到內地買了許多象牙藝術品，甚至有一整套的《紅樓夢》人物象牙雕像。他們無兒女，住在依山望海的清水灣別墅，生活習慣完全嚴守英國式的一套，每天吃下午茶，必不可少。因此，他們每天都驅車到文華酒店或半島、香港酒店吃下午茶。他們都很佩服我的母親，知道我來香港以後，常常約我到酒店喝下午茶，談他們計劃建立的象牙藝術宮，又忙於為他們的好朋友、專門研究中國科學史的李約瑟教授籌款，準備在劍橋大學興建東方館。晚上就到附近的北京樓或是金島潮洲榮館用膳。不久之後，籌款事宜成熟，李約瑟教授和他的助手魯桂珍博士應邀來香港，我奉姨父姨母之命，陪同出席在陸羽酒家的宴會，又和魯桂珍博士去逛中區的商場，大家都很開心盡興。多年以後我去了劍橋，李約瑟教授和魯桂珍博士已經離世了，但見籌款興建的東方館傲然屹立，令人快慰。

最令我難忘的，與上一代有關係的香港人之一，是兒童文學作家何紫先生。他告訴我，他從小就很喜歡閱讀《新兒童》，但那時家裏窮，訂不起，只好去借過期的來看。他說很懷念我母親辦的雜誌，常想高呼「《新兒童》萬歲！」他想和我合作，將這本雜誌重新復刊出版。可我覺得自己毫無經驗，難以勝任。後來，我母親提議，何先生最好是創辦一間兒童文學出版社，可以出版更多好作品，亦免受期刊限制。何先生欣然接納，創辦了有名的「山邊社」。

後來，我到電視台工作。有一次，下班坐黃霑先生的車過海，他得知我是「雲姊姊」的女兒，非常高興，說自己小時候是《新兒童》的忠實讀者。

再後來，小思教授帶我們走「香港文學之路」，我參觀了當年的達德學院，如今的何福堂中學。小思教授還細心的指出，哪裏是當年的教員宿舍，哪裏是當年的民主飯堂，我都一一記住，只因這都是當年我父親活動過的地方，上一代人的香港因緣見證之處。

二、物質香港

在內地讀書的時候，學習馬克思的著作，他老人家談到共產主義的條件，必須是物質豐富，「像流水般源源不斷……」

當時我和同學們都非常嚮往，因為我們從小就生活在物質匱乏的環境，所有食用的必需品，都要憑票證限量供應。我記得，在內地我幾乎不去逛百貨公司，因為那裏根本沒有東西可買。小時候解饞吃的巧克力糖，好一點的水果，尤其是金黃美味的芒果，都是外婆千辛萬苦從香港帶過去的。後來，學校搞「滅資興無」運動，批判從香港吹來的「資產階級香風臭氣」，外婆再也不敢從香港帶東西過去，甚至不敢再到內地。老實說，我那時根本想像不出馬克思說的物質豐富得「像流水般源源不斷……」的情景是怎麼樣的，但小腦袋卻根深蒂固地把很好吃的芒果看成是香港的主要象徵，我很清楚地知道，它其實很香，一點兒也不臭。

2004 年，我去美國參加女兒在哈佛大學的畢業禮，途經三藩市。有一位素昧平生的作家朋友通過當地的親戚，提出要和我見面。她的住處離親戚家很近，我們高高興興地登門拜訪。她和丈夫十分熱情的接待我們。原來，他們也是 1980 年代從內地到香港的，然後再移居美國。她拿出一份珍藏了 18 年的剪報，那是我剛到香港，參加青年文學獎的一篇文章《芒果 芒果》，我還曾經憑此得到了優異獎。在這篇文章中，我從毛澤東把外國人送的芒果轉送給工人宣傳隊，而後者將之當作聖品般供奉談起，抒發自己從內地到香港來的感受。我在文中寫道：「……來到素有『美食天堂』之稱的香港，首先吸引我的，無疑就是那水果攤前一堆堆，一盤盤金黃飽滿的芒果。這裏除了呂宋芒果，還有甚麼龍鳳芒，象牙芒，白花芒，豬腰芒等等，品種奇多，一年四季都不斷市，也可算得上是個喜人的『水果王國』了……」

移居美國的作家表示深有同感，她在香港讀到這篇文章之後，就把它保存起來，想着以後有機會一定要和作者見面，好好地談一談。沒想到 18 年後，我們真的見面了，還聊了一個下午連一個晚上。從美國回來，我們還繼續在網上聊。

說實在的，香港何止是「美食天堂」，「水果王國」？這裏的物質無比豐富，令我看到了馬克思所指的物質豐富得「像流水般源源不斷……」的真實情景，但這裏與共產主義無關，純粹屬於資本主義社會。

三、精神香港

人生中有歡喜，

難免亦常有淚，

我哋大家在獅子山下相遇上，

總算是歡笑多於唏噓……

同處海角天邊，

攜手踏平崎嶇，

我哋大家用艱辛努力寫下那，

不朽香江名句……

這首香港人耳熟能詳的歌曲《獅子山下》，被視為鼓勵逆境求存的勵志之歌。我與這首歌的原唱者羅文，曾有一夕之談。那是在 90 年代中，我們幾個專欄作家和影視明星，應一間電視台的邀請，到日本去宣傳推廣香港。在參加過一系列的活動之後，大家意猶未盡，同行的羅文，譚詠麟，陳百祥等曾到過東瀛學藝的歌星，熱情的請大家吃宵夜聊天。在席間，羅文憶述他當年從內地來香港，才不過十來歲，甚麼也不懂，就在一間校服裁縫店做學徒。但是，老闆很久都不向他傳授裁縫技巧，只是把他當作小工使喚，要他每天拿刷子去刷校服上的毛塵。後來，在一次偶然的機會，羅文代替一個歌星上台演出，一鳴驚人，從此走上了新的人生路。另外一位歌星也談起了自己的奮鬥歷程。原來，他的姐姐因意外去世，留下了孩子，要靠他和家人掙錢養活，他為此而拚命推銷又大又厚的巨型詞典。在大熱的天氣，徒步登上沒有電梯的唐樓去，挨門逐戶的求人買詞典，生活實在艱難。後來，他也是在偶然的機會中脫穎而出，成為著名的歌星。

他們的故事，在香港人中並不罕見，能在逆境中把握機遇，艱辛努力地奮發向上。這正是香港精神，有了這種精神，才能不斷創造出豐富的物質。說起來也巧，我到香港以後，居住的地方和工作的地方，都是抬頭就看見獅子山，還與很多像羅文那樣的香港人在獅子山下相遇上，和那首歌歌頌的香港精神，十分巧妙地吻合。

「我哋大家在獅子山下相遇上，總算是歡笑多於唏噓……」羅文那咬字特別清晰，響亮的歌聲，總是餘音裊裊，令人低迴不已。

我的「桃姐」

　　許鞍華導演，葉德嫻、劉德華主演的電影《桃姐》，成為一時焦點。「你一定要看啊，那拍攝的實景就在你的居處附近。」先睹為快的友人說。

　　這部電影還沒有開拍時，我在一位電影導演家的私人聚會中見到許鞍華，大家稱她為阿Ann。離開的時候，我們一起去乘地鐵。閒聊中，她談到日常生活，聚焦點是她上了年紀的日裔母親。我以前看過她自編自導的《客途秋恨》，當中描繪的就是她母親的形象，非常鮮明，令人難忘。她告訴我，母親是在中國東北認識她父親的，後來輾轉到了香港，已經完全融入了本地生活。現在她的父親已經不在了，母女二人相依生活。母親雖然上了年紀，但依然非常活躍，常常自己外出，尤其喜歡去友人家打麻將。畢竟是老人家，單獨行動難免會磕磕碰碰，前不久就在商場撞到玻璃牆，受了傷……所有這些，都令她非常擔憂。殊不知，她講得太過專注，忘記了面前的玻璃門尚未開啟，竟一頭撞了上去，我正為她心痛不已，她卻笑言這一下和母親感同身受了！我想，以阿Ann這樣一位能深切了解老年人感受的導演，拍出來的影片一定會是特具深度的吧。於是，我走進電影院看《桃姐》。那天觀眾很多，差不多滿座，這是港產片上映所罕見的。

　　電影中的「桃姐」與僱主之間，以情為重。她出於本性，極抗拒別人說的「妹仔（丫鬟）命」，樂於讓主人稱為「契媽（義母）」。事實上，主僕之間相親相愛，情如一家人。

　　《桃姐》的宣傳廣告上有一句話：每個人的身邊，都有一位「桃姐」。看着許鞍華的《桃姐》，我也情不自禁「淚眼朦朧」，我自己的「桃姐」，也一步一步走過來了……

　　記憶中最真切的是她，叫做「八嬸」，她說死去的丈夫排行第八，人人叫她「八嫂」，小孩子嘛，就順應的該稱她為「八嬸」了。

　　八嬸的個子不高，身形可說是「小巧玲瓏」，行動格外麻利，用她自己的話來說，是「一眼關七」：一邊做飯，一邊洗衣，還能打掃花園，餵養小雞，

同時照顧我們四個姐妹兄弟的生活。

根據八嬸説，她以前是在西關的粵劇名伶家中幫傭的，能做得一手好菜，甚麼「九大簋」，鮑翅宴都是她一人主理，毫無難度。她未曾上過學、讀過書，卻非常熱衷於睇大戲，甚麼《六國大封相》啦，《紅樓二尤》啦，戲文、劇情可以一套一套的道出，表明她很早就已經接受了「大戲文化」的教育了。因此，她判斷社會上的是非忠奸，都會以這種大戲文化的觀念為準。

八嬸也是一個很要強的人。那時候，人們都把西關這個歷史上的商業繁盛地視為高尚住宅區。八嬸把歷年掙下的錢，在西關的荔枝灣一隅，買了一塊小小的地，建了一座小小的樓房。八嬸在樓房剛剛落成的時候，興高采烈地帶着我和妹妹去看。這是我生平看到的最小的樓房，用八嬸的話來説，是「豆腐潤那麼大」。樓分三層，每一層僅可放下一張牀，就應了那首兒歌：「世界真細小小小，小得真奇妙妙妙。」

「文化大革命」爆發，我的父母都被派到遠在粵北的幹校去，工資也凍結了，八嬸不能再留在我們家。她含着淚，手把手地教我和妹妹做飯、燒菜，然後黯然而別。那時候，我 13 歲，是家裏老大，最小的妹妹才 7 歲。八嬸走了之後，我們也在家呆不了多長時間，就跟隨就讀的學校，到農村分校去。

在那些年間，當我們分校放假，八嬸得到消息，就會來給我們買菜做飯，分文不取。再過幾年，八嬸的小樓房被拆遷了，兒子把她接回英德的家住。不久，我們得到允許到粵北幹校去探望父母親。

那是天寒地凍的日子，我坐上北上的火車，心裏比天氣更冷。

火車到站，只見八嬸和她的兒子一起出現！原來她接到我媽媽的消息，特別來接我去她家住一天再上路。就像是見到久別的親人，我的心温暖起來。我在八嬸和兒子的家舒舒服服地住了一夜，又吃到她做的熱湯、好菜。從此，這裏就成為我去幹校探望父母的「中轉站」，後來，還惠及了更多的人。其中有著名作家秦牧、紫風夫婦。在「文革」中，秦牧最早被批鬥，紅衛兵一天抄家五十次之多。他們夫婦分別到幹校接受「改造」，已經沒有家。當幹校批准他們放假的時候，八嬸和兒子的家，就作為他們夫婦暫時小聚的住所，為此，他們非常感激。

我敬愛的「桃姐」，因着許鞍華的電影，在眼前變得鮮活起來，那麼可愛，那麼可親，只為有情在，人間的不公不平，相信都可以化解，她們就是很好的明證。

那 些 日 子

　　這一個暑假，香港電台的教育電視部製作「作家網上談」的特輯，專訪幾位香港的作家。他們也找了我，談的是關於兒童文學寫作，令我想起了那些日子。

　　記不得是哪一年、哪一個月、哪一日了，印象之中，應是在星期天，九十年代的香港大會堂裏。

　　我伴着年近八旬的母親，心內只覺一種前所未有的惘然虛空……就因為那個約我們前來的人，既不相識，也從來未曾見過面。

　　「雲姊姊，真是您……您、您就是雲姊姊嗎？」

　　一位白髮蒼蒼的老者走過來，神情非常緊張地盯着我的母親。

　　母親一時之間，未及應對，只微微一點頭。對方即刻又道：「這麼說，我的夢想成真了！我真的見到我的童年偶像了！雲姊姊，請原諒我那麼冒昧地打電話約見您！這實實在在是太令我興奮了！要知道，五十年來，我在澳洲那邊日日想、夜夜盼，發夢也等着這一天……」

　　接下來，我們一起在大會堂低座的餐廳坐下來，飲茶、聊天。我從陌生的老者和母親的言談間得知，這是一本兒童文學雜誌的忠實讀者和編著者，因政局、戰亂及其他原故而推遲了半個世紀的約會。母親這邊的情形，我自然了解，那本兒童文學雜誌，原是她在年輕求學時期，一手創辦編輯的。而這一位看來和她年齡相差不遠的讀者，如今已經是一位即將退休的內科醫生。他告訴母親，當年負笈海外，還把那些雜誌帶在身邊，一直捨不得扔掉。現在，他卻把那些雜誌都全數帶回來了！

　　他說着，果真就把一疊泛黃的舊雜誌攤放在餐桌上。望着那一本本小書，我的驚訝程度，實在不亞於初時見到保存它們的主人。一隻無形的手，似是在無聲地翻動着書頁。

　　多麼熟悉的情景！一樣的場地……都是在這個大會堂的餐廳裏，一樣是

這麼些小書，那隻無形的手，漸變成有形的，在我的記憶中活生生地在動，掀開一本本兒童文學雜誌的書頁，而那是一隻屬於已故兒童文學作家何紫的書的手。想當年，他和我在大會堂首次見面時，我母親因歷史遺留的問題，暫未能到香港來。「我真喜歡你母親編寫的書！可惜小時候家裏太窮，買不起。我只有去借過了期的來看！優秀的兒童文學教育，對香港的孩子來說，真是太重要了！」何先生一臉誠懇一邊對我說着，一邊用手翻着他隨身帶來，已珍存多年的小書。好像輕輕的一股暖和的風，穿堂而過。我是第一次領受到何先生的話和那些小書的分量。

此後不久，我們和另一位兒童文學作家阿濃，聯同多位兒童文藝、兒童教育工作者，在大會堂發起抵制不良兒童讀物宣言，繼而成立香港兒童文藝協會，在大會堂舉行過不計其數的兒童文學研討會、講座、閱讀寫作坊……90年代初，何紫先生親自提名我的一本小書，候選香港首屆兒童文學創作雙年獎。令人難過的是，我在大會堂領獎的那一天，何紫先生卻不能來，他因病大去了……

不過，何先生對香港兒童文學的重要貢獻，可以永遠永遠地保留在春風蕩漾的大會堂圖書館內，就在他創作的大批兒童文學作品中，也有的在我後來編寫的香港兒童文學歷史初探記錄，一部兩冊的《香江兒夢話百年》之中。

難忘該書出版的那個春天，一位電視台的記者約我在大會堂裏做訪問。甫見面，他問：「你還認得我嗎？」

對着那張年輕又陌生的面孔，我唯有搖頭。

「六年前，我還是個中學生，我就在這裏聽你的兒童文學講座，還玩問答遊戲，中獎了！得到的獎品，正是你寫的一本兒童科幻小說呢……」他細細地憶述，我卻看不出一絲一毫的舊痕來，瞬間，又有一羣中學生走了進來，在我和他之間擦肩而過。我們都沒說話，只覺有一陣柔和的清風拂過，感受到無比的清新、舒暢。

那些日子，如今已漸漸地遠去，但回想起來，依然像風中的柳枝，光中的海波，撩起我的思緒的動蕩。無論如何，應該感謝香港電台，給了我回想那些日子的機會。今後，在我寫作的路上，這些記憶，又將如風如光，伴我同行，不停不息地走下去。

苦海煉蜜

蜂兒不食人間倉，玉露為酒花為糧。

作蜜不忙採蜜忙，蜜成又帶百花香。

——《蜂兒詩》宋·楊萬里

一、夜迷離——一樣還是不一樣？

20 世紀 50 年代中的一個夜晚，在中國南方門戶的羊城，有一所不大不小的幼兒院，院舍的樓上，擺放着一張張的小牀，小牀上分別躺着一個個剛滿 3 歲的小人兒，全都是幼兒院的全託生，日夜忙碌的雙職父母們，把他們送到這裏來託管，每星期只接回家一次。

我，有幸成為其中之一。

躺在屬於自己的小牀上，視野其實也很小，只是在一頂小小的蚊帳範圍之內。對於一個 3 歲的小人兒來說，就是混沌初開的最早思考空間了。

我是誰？

為甚麼會來到這個世界上？

聽說人是會死的，死了就甚麼都不知道了。正如我不知道自己是從哪裏來的那樣。

問題是為甚麼要來。

既然最終還是要死的，為甚麼要來？

我每天晚上躺到牀上，眼望着小小的蚊帳頂，都會反反覆覆地想着這樣的問題。

可是，無論怎麼想，也是找不到答案。

剛過去的星期日，是一個寧靜的初春之夜，記憶還非常新鮮。

睡在牀中央的，是從幼兒院出來享受短暫家庭歡樂的我，牀的一側躺着我的父親，另一側是母親。

倦倦的，暖暖的，甜甜的感覺把我柔和地包裹起來，眼睛閉着，心卻張

開了，耳朵也似乎特別靈敏。

「咪嘟這孩子長得真好看，睡着也可愛，像你呢。」

這是父親的聲音。

「我看她更像你。」

母親回應了。

「好吧，既像你又像我的，嘿嘿，無論如何，都是我們的寶寶，就希望她生得好，長得好，今後過的日子也甜甜蜜蜜的快樂幸福。」

父親寬容以對。

「你不是已經給她取了這樣的名字嗎？就希望她會有雙倍的甜蜜人生！」

母親的話語輕快，聽得出是含有笑聲的。

我一直沒有睜開眼睛，很快就進入溫甜的夢裏去了。

「雙倍甜蜜的人生」是甚麼呢？

我一點兒也不懂，只知道被父母疼愛着，心裏就有甜滋滋的感覺。卻絲毫也覺察不到，人生其實如苦海，甜甜的蜜，也是要在苦苦的歲月中苦苦地提煉出來的。

不過，聽了父母親的對話，我又想多了一些問題：

我有甜蜜的名字，就真的會有雙倍甜蜜的人生嗎？

人生是甚麼？是可以嚐的味道嗎？

我和其他的小孩子，到底人生是一樣的，還是不一樣的呢？

我想不出來。

也不想問別人，尤其是大人。

我覺得自己的問題是要自己來想的，一下子想不出來，就慢慢地想，好好地想。反正，夜很長。

不過，幼兒院的教職員工，對我們這些小孩子，絕對是劃一管理的。從早上起，就要被安排集體如廁排便，如果拉不出便便，就不能吃早餐。

接下來的上課、遊戲、午餐、午睡、上課、晚膳、淋浴、就寢……也全是集體進行。

我卻很快發現，這並不是所有小孩子都一樣能接受的。

早起之後的集體如廁，有的孩子排不出便便，但因肚子餓，很想吃早餐，就想出了鬼主意，向小同伴「借便便」過關。他們會在別人排出的便便上蹲着，佯裝自己也排出了便便，蒙混過關。

到晚上，上了牀，一些睡不着的小孩子，掀起蚊帳，爬下牀來，開始搗蛋，伸手去搔小同伴的小腳板底。大家嘻嘻哈哈地笑成一團，我覺得很好玩，也加入了這樣的遊戲。

無可置疑的是，這樣夜不能眠的時間就會很快過去了。

更好玩的是，有一個小男孩，別出心裁地到院內的假石山洞中，捉來一隻小蝙蝠，放入自己的小蚊帳內讓牠「食蚊」。當毫不知情的值班舍監來夜巡，拿着夜壺，掀起蚊帳，要叫小男孩起來尿尿之時，被那撲臉飛來的蝙蝠嚇得魂飛魄散……

由此可見，其實每一個小孩子，真的是不一樣的。

而我本人，很快就變成值班舍監要對付的「出頭鳥」。

不知道從甚麼時候起，也許是為了擺脫那些百思不得其解的問題，晚上躺在小牀上，久望蚊帳也不能入睡的時候，我就會給同樣無眠的小夥伴們講故事。那些故事的來源，無非就是從繪本上看來的，或者是跟父母親看電影看大戲看來的。也不知道是不是夜裏獨自躺在牀上的小我，思想特別活躍，口齒格外伶俐，竟然有了一羣衷心擁護的小聽眾，反應熱烈。有一次，我把跟爸爸看過的京劇《十五貫》的故事講了出來，對劇中人婁阿鼠加了些恐怖描述，嚇得幾個膽小的同伴哭起來，驚動了舍監，罰我即時起牀，到走廊去扭耳朵，站立着不准動，任由蚊蚋叮咬雙腿，並且把我納入了「黑名單」。那時候，我真正懷疑自己是不是和其他的小孩子不一樣了。

有一個晚上，另一位小女生在牀上講故事，舍監聞風而至，不分青紅皂白，就把我從小牀上揪下來訓斥、罰站，令我首次嚐到有冤無路訴的滋味。獨自站在冷風颼颼的走廊，小小的我感覺到自己好苦啊，一點兒也不甜！同時又自責，為甚麼要和大家不一樣？講甚麼故事呢？一點好處都沒有，如果默不作聲，和其他小孩子一樣睡着就沒事了……

「哎呀，你這可愛的小女孩，怎麼孤伶伶地站在這裏呢？快進來，不要凍着了。」

一個親切的聲音在我頭上響起。原來是住在樓梯底下小閣臥室的校工阿姨。她把我拉到臥室裏，親着我的臉龐，又拿出甜甜的糖果給我吃。這一下，我不再覺得苦了，但是很迷惘：這一位仁慈的阿姨，究竟是喜歡我和其他的小孩子一樣，還是不一樣呢？

二、奇特的「文藝獎」

「伏羅希洛夫將軍來了！快來看呀！」

「哇！鼻子好高好大，伏羅希洛夫很威風！」

這個星期天，幼兒院上下忽然喧鬧不已。

伏羅希洛夫是甚麼人？為甚麼連小屁孩兒都講得出這個有異國發音的名字？

原來就是老師最近提到的，收音機不斷播放的蘇聯最高蘇維埃主席團主席，他日前率團訪問中國，受到毛澤東、劉少奇、朱德、周恩來等國家最高領導人的高規格接待。

不過，小屁孩兒口中的伏羅希洛夫，和新聞時事中的那個伏羅希洛夫根本不是同一個人，他們激動得胡亂稱呼的，其實是在他們眼中貌似伏羅希洛夫的我的父親。

事緣當時流行病嚴重，幼兒院方決定不放週末假，讓孩子們留在院裏避免傳染，只讓家長前來探視。於是，父母親帶着一些好吃的點心、水果來探望留院的我和妹妹。

萬萬沒想到，小同伴一見到我的父親，就大呼小叫起來，有的奔走相告，有的更膽大包天的伸出手來：

「伏羅希洛夫將軍，我可以摸摸你的鼻子嗎？」

「你走了多遠到我們幼兒院來的？」

「你是外國人吧？為甚麼會有中國女兒？哈哈哈！」

直把我們一家和所有在場的大人弄得哭笑不得。

我父親的相貌，的確是有點像外國人，年輕的時候，不止了，是從小時候，就以俊俏揚名。據說，童年的父親，被家鄉人公認為是最美的男孩，每年過節，必被推舉出去參加類似香港離島盛行的飄色巡遊，還因此而結下一段淒美的情緣。父親的祖籍屬於福建客家，後來落籍廣西羅城仫佬族自治區，家族中有仫佬和壯族成員。父親16歲的時候，受到當代國民革命的大潮流影響，離開窮鄉僻壤，參加軍隊北伐，追求真理之心迫切，輾轉到過湘、鄂、皖、贛與南京、北平、上海等地。其後他讀了不少文學作品，迷上了文學寫作，於是棄武從文，在上海參加中國文聯和左聯。日軍侵華，才26歲的父親寫了《救亡進行曲》，讓抗日軍民唱遍神州大地。當革命導師魯迅逝世時，他寫了長詩《哀悼魯迅先生》，成為盛大的魯迅殯禮的進行曲。他的《怎樣寫報告文學》一書，廣受青年讀者喜愛，在延安還被選入抗日大學的寫作教材……

　　他在成為我父親的時候，任職兩廣文聯主席和廣東省作家協會副主席。

　　由於工作的關係，父親常常要在晚上觀看各種各樣的藝術表演，有時候也會帶上母親和我們姐妹同往。小小的我坐不住一個座位，父親就會抱着我，讓我坐到他的膝上看電影、聽音樂會，或是看戲劇、舞蹈，以至馬戲團的演出。

　　那時中蘇兩國關係極好，文化交流頻密，所以我跟父母親看得最多的是蘇聯的芭蕾舞表演。

　　記得有一次著名的蘇聯芭蕾舞演員烏蘭諾娃來演出，父母親帶我去看，但演出之前要舉行隆重的歡迎儀式，一大堆官員講一大堆官話，我很快被催眠了，一點兒也沒看到演出。

　　如果是看戲劇的話，我膽子很小，最見不得人舞刀弄槍。只要稍為察覺台上演員有動武的苗頭，就立即嚷着要去尿尿，其實是借尿遁，把父母親以至保姆弄得生氣又無奈。

　　值得慶幸的是，在這樣的耳濡目染中，我對藝術的欣賞興趣與日俱增。當我長大一些的時候，父母親也帶我去看電影。看過之後，總會說一些和電影內容有關的話。父親鼓勵我用筆寫下來，成為小小的觀後感片段。記得有

一次看了芭蕾舞藝術影片《紅菱艷》，給我的印象非常深刻，自然而然地寫下了長長的感想文字。父親看了有些驚訝，接着做出了的事情更令我驚訝：他說我的「影評」寫得不錯，因此決定頒發特別的「文藝獎」，以資鼓勵。那到底是甚麼東西？讓我興奮萬分！但到手的原來是幾枚小小的、甜甜的荔枝乾。實在是令我大喜過望了，卻也終生難忘，只恐怕這是世上最奇特的文藝獎了。

我也曾經多次跟隨父親參加各種各樣的文學活動。最難忘是父親帶着我到市內體育館看演唱會，開幕的時候父親親自指揮千人合唱他自己的作品《救亡進行曲》，場面之雄偉，歌聲之宏亮，真是激動人心，難以忘懷。

好多年以後，我在文學雜誌上發表了第一篇小說作品，拿給父親看，沒想到他給我寫了兩三頁紙的讀後意見，密密麻麻的文字，寫下父親對文學創作的認真和嚴格態度，簡直就是一篇評論文章。

三、我寫故我在

「啲噠、啲噠」……

晚上，在家裏，反反覆覆地響起了一種奇怪的聲音。

這到底是甚麼聲音？

聽起來，似乎有一些規律，但又不完全是。

一般來說，這是會令人聽了不安或焦躁的聲音，但響在我那年幼的耳朵中，卻有一種說不出的安穩和安慰的感覺。

我知道，那是媽媽穿着拖鞋來回踱步，構思着她要寫作的文章。

媽媽是一位專門寫文章給小朋友看的兒童文學作家，美麗、聰明，又很有幽默感。

據我的保姆說，我一週歲的時候，就會每天定時聽我的兒童文學作家媽媽講故事。

那時候，我媽媽在廣播電台主持一個兒童文學的講故事節目，每天講演一些中外的兒童文學作品故事。滿了週歲的我，成為一個年紀最小的聽眾「粉絲」，每天到時到刻，就會坐在收音機前用心聆聽。還會奶聲奶氣地模仿着媽媽的口吻說：「咁呢，咁呢……」

當我到了 3 歲的時候，就會複述那些故事的內容，甚麼醜小鴨呀，七色

花呀，美人魚公主呀，三朵小紅花呀……

媽媽的美貌，令她從小就成為一個電影小明星。當時還是中國電影的默片時代，五歲的她，參演了《愛河潮》等無聲電影，至今在中國電影資料館還保留有拷貝資料。但當電影公司要給她簽訂長期合約之際，外婆堅決反對，趕過去制止了。看重孩子教育的外婆，要讓女兒好好讀書學習，不受干擾。

媽媽天資聰穎，沒有辜負外婆的期望。她7歲就已經熟讀唐詩宋詞，並且能獨自創作舊體詩詞，有神童之譽。母親讀完小學，沒有讀中學，就直接考入了大學，而且是省城的名牌大學。在學期間因抗日戰爭爆發，就到香港大學寄讀。為了安撫因戰爭而流離失所的苦難孤兒，媽媽每個週末都去小童羣益會為他們講故事，繼而在香港大學的教授支持下，創辦了全香港，甚至是全東南亞的第一本兒童文學雜誌《新兒童》半月刊，很快就聲名鵲起，受到大小讀者的熱烈歡迎。

媽媽大學畢業後，得到美國著名記者史沫特萊所在的援華會資助，遠赴紐約哥倫比亞師範學院研讀教育課程。

回歸香港以後，媽媽和爸爸相遇相愛，再隨爸爸到廣西、廣州生活，當過大學教授和專業作家。

無論在何時何地，媽媽也離不開寫作。

這是多麼艱辛的事業啊，聽著她每天在屋內踱步，尋找寫作靈感時的拖鞋「啲達」聲就知道，媽媽想得好辛苦，寫得好辛苦。但是，那聲音同時也確確實實的告訴我，媽媽在家寫作，不用離開我們到鄉下去搞甚麼運動，還是值得慶幸的了。

也許是受到媽媽的影響，我和妹妹從小就對閱讀和寫作有興趣，當我能夠識字的時候，除了寫日記、週記之類，還會寫觀看電影、戲劇或是讀書後感。一些寫得好的作文，也會被語文老師拿出來在課堂公開朗誦及「貼堂」。

在我唸小學三年級的時候，媽媽專門為我寫了一首長詩，讓我在學校朗誦，竟然收到「一鳴驚人」的效果：學校方面，除了安排我在全校集會表演之外，還派我作為學生代表，參加全市的小學生詩歌朗誦比賽，獲得了頭獎。自此之後，許多同學和老師，都知道我有一個作家媽媽，會寫兒童詩。

除了自己本身勤於寫作之外，媽媽也常常敦促父親依時交稿，多創作文學作品。她的「急」與勤，和父親的「慢」與穩，正好成為反比。萬萬想不到的，是後來的一段日子，就是「文化大革命」爆發以後，媽媽痛心疾首地後悔自己「入錯了行」，並叮嚀我和弟妹們如果可以選擇，就千萬不要讀文科，更不要寫作！在「文革」後期，她一方面阻止我的妹妹加入省粵劇團的編劇組，另一方面也反對我進入省作家協會的寫作學習培訓班。在那一段特別的歷史時期，寫作變成媽媽深惡痛絕的事情，這也是不為人知的。

一直到了我和媽媽先後到了香港，寫作才重新回到我們的日常生活中來。為了生活，我當過電台、電視台的編劇，報刊、雜誌和出版社的編輯，開始了文字生涯。媽媽也不反對我寫作了，還鼓勵我在職業之外投入自主自由的文學創作。她自己在「文革」結束後，以年逾花甲之齡，不斷創作和翻譯文學作品，又作為中國作家代表到世界各地演講交流，並且創辦了全中國最暢銷的青少年文學雜誌《少男少女》，平均每期銷量達八十萬本之多。80 年代末期，媽媽退休來香港照顧外婆，香港的教育出版社爭邀約稿，媽媽獨力編寫一套小學語文教科書，連同教師手冊和學生習作，一共 36 本書，如此之多，實在是魄力驚人！結果，這套教科書廣受好評，除了在香港本地的小學使用之外，還有不少美加及東南亞國家地區的國際華文學校選用。其實，媽媽的文學創作最豐盛時期，還是在退休回到香港之後，文字創作大約一千多萬字，還三次獲得中文文學創作雙年獎。最特別的是 2011 年，香港藝術發展局的年度藝術家大獎，指定要由我頒發給媽媽，以示代代傳承之意。

然而，「啲噠、啲噠」……的拖鞋着地聲音，是媽媽文思的節奏，無論對未成年還是已經成年的我來說，這才是真正永恆的。

四、故事大王

「知道嗎？世上最有意義、最有價值的事情，莫過於看書、讀書了。想一想吧，每本書的作者，不知要花上多少時間、心力，才能把自己的人生經驗與智慧，化為文字，寫成作品。人家窮一生半生心血著書立說，我們只是花幾小時或十天八天，就可以輕輕鬆鬆地享受閱讀的樂趣了，而且從中獲益良

多，甚至一輩子也受用，又何止是一本萬利的呢！」

説出這一番話的人，是我自小最敬愛的「故事大王」外祖父。

童年時的我，最親近的人，除了父母親之外，就是風趣而慈祥的外公了。

外公年輕的時候，曾經遠渡重洋，留學日本。

回國之後，他長期從事考古和翻譯工作。外公一直敬業樂業，不惜遠離香港的家，獨自在廣州的博物館工作。

我的媽媽結婚以後，也到了廣州居住。但和爸爸一樣，媽媽當了專業作家，常常被安排到鄉村去「體驗生活」，參加各種各樣的組織活動，根本無暇照顧家庭和孩子。於是，我和幾個小弟妹，只能先後被「全託」在留宿的幼兒院裏。

每當週末的下午，幼兒院的小朋友們都等待着由自己的父母接回家團聚。而我和小弟妹們，就眼巴巴地盼望着能早些見到外公出現在眼前。

外公除了可以把我們接送回家，還有特別的吸引力：他是一個無所不知的講故事高手！在我們一起回家的路上，外公的故事一個接着一個，向我們娓娓道來。那真是不可多得的「幸福時光」！

外公講的故事，和幼兒院老師講的很不一樣：天南地北，英雄神怪，曲折離奇，不可思議。然而，外公都會講得有如親歷其境，「有根有據」，引人入勝。

他有時候還會帶我們去作「實地考察」，探尋種種傳説的舊痕古跡。比如，他講《五羊獻穗》的故事，會帶我們上越秀山，去看五隻仙羊下凡落腳的地方；説到民族英雄黃簫養，他會帶我們到沙面，去看黃簫養騎鵝遠遊的白鵝潭。

在我們幼小的心靈中，外公的故事全是有聲有色、有血有肉、有跡可尋的，比幼兒院老師講的童話故事精彩得多了。

我和弟弟妹妹，也很喜歡到外公家裏玩。那裏枱上枱下，櫃內櫃外，甚至是牀底下，都藏着各式各樣的寶貝：有木雕大佛頭啦，也有石刻鴨子，還有竹製的對聯……都是外公從四方八面收集回來的古董，其中有些還是直接

從古墓裏挖掘出來的呢!

不過,我們覺得最有趣的,還是外公經常翻閱的那幾本大厚書,書中有很不尋常的圖片,也有密密麻麻的英文,上面描繪的事物,古今中外,應有盡有。

外公告訴我們,這是我們媽媽在美國留學時,因為成績優異而得到的獎品,叫做《百科全書》。媽媽千里迢迢帶回來,送給外公,外公十分珍惜,只要有空,就拿出來看個不停。我們幾個小孩子雖然看不懂,但只要外公一打開書本,馬上就像蜜蜂飛撲花叢那樣圍了過去,吱吱喳喳的問這問那,外公也不會嫌煩,總是很有耐性地一一作答和解說。在我們成長的年代,爆發了史無前例的「文化大革命」。有一天,妹妹放學回家,拿出筆墨寫大字報。外公正好過來了,問她為甚麼要寫大字報。

妹妹天真的回答:

「我要學紅衞兵,批判老師的舊思想。」

外公聞言,臉色一變,厲聲說:

「不能寫!老師是教導你們讀書,傳授知識的人,他們完全沒有錯!」

說着,他就憤怒地把大字報撕爛了。我和妹妹都嚇呆了——我們從來沒有見過向來和藹可親的外公發這麼大的火。

不久之後,我家裏的書櫃全被紅衞兵用封條封鎖了,父母被召集到鄉間幹校去「勞動改造」,我和弟弟妹妹只好搬到外公家裏住,老老少少,相依為命。

那些年,香港的外婆也不能來探望外公,開門七件事,全靠外公承擔。而那一套《百科全書》卻一直不曾離開他:白天,外公小心地把它們收藏在地櫃裏面;到晚上,再拿出來在燈下細細地翻閱。

弟弟見到了,說:

「公公,英文書現在已經沒有人敢看了,你怎麼不把它們處理了呀?」

「不。」

外公堅定地說:

「你們以後也有機會,要學英文的。還要爭取到外國留學,多讀書,好

書，把眼光放遠些，對國家才會有貢獻，千萬別放棄！」

甚麼？要學英文？還要爭取到外國留學？

當時聽到外公說的這些話，簡直就是天方夜譚！我和弟弟妹妹們互相交換眼神，就是不敢相信。

逆天而行的文化革命終於過去，年老的外公也永遠離開了我們。

那一個春天，我和得到博士、碩士學位的妹妹們在外國相聚，不約而同地憶起外公的那一番話，有說不出的感慨。

親愛的公公啊，還是您有遠見，您的預言應驗「故事」成真，我們可以告慰您老人家了。

五、獨一無二的「家庭教師」

「明月幾時有？

把酒問青天

不知天上宮闕

今夕是何年？

我欲乘風歸去

又恐瓊樓玉宇

高處不勝寒……」

在客廳裏，外婆正「觀摩」兩個菲律賓傭人的朗誦中國詩詞表演，這正是她一手傳授和「導演」的，沒想到竟然相當可觀。這樣的事情，也只有我那獨一無二的特別「家教」外婆才能做得到。

外婆是市內第一批接受師範大學教育的學生。記得著名畫家關山月伯伯有一次對我說，他當年在「春睡畫苑」工作的時候，曾經和我的外婆一起「做過同事」，令我感到非常驚訝。因為從我們小時候起，外婆就已經退休在家了。

但其實也是很自然的，外婆為年幼的我們，擔當起「家庭教師」的角色，而且非常之嚴格。尤其是在母親出公差，下放下鄉的日子，家中的大小事

務，特別是我和幾個弟弟妹妹的學業家教，就理所當然的由外婆全權負責了。

每天放學回家，外婆就很緊張地督促我們做好學校老師佈置的功課，然後就自行「加料」，訓練我和弟弟妹妹的各種學習能力。比如，她每天在一塊小黑板上掛着一幅圖畫，讓弟弟「看圖作文」。有一次，弟弟精神不夠集中，拿着粉筆，面對黑板，老半天也寫不出一個字來。外婆在旁一再催促，依然無效。忽然之間，外婆把手一揚，向前一推，弟弟的前額「砰」地碰到黑扳上──

我和妹妹看到此情此景，頓覺驚心動魄，豈料弟弟在一瞬間就像即刻「開了竅」，閉塞的大腦被打通了似的，手拿粉筆在黑板上奮力疾書，竟然極速寫出一篇文章來！

這一下，不僅對我的弟弟，而且對我和妹妹，都有異常強烈的警醒作用：一定要十分認真地遵從外婆的指導進行學習！

那些日子，外婆要求我和妹妹每天練寫毛筆字，還要背誦唐詩宋詞或古代散文。

為了達到外婆的要求，同時又儘量避免她的苛責，我和妹妹想出用特別的方式去背誦古代詩、文：

我們分別穿上媽媽寬大的衣服，兩手甩開又闊又長的衣袖，模仿古裝大戲中角色甩「水袖」那樣，哦吟唱誦。有時我扮「李白」，妹妹做「杜甫」；有時我扮「蘇東坡」，妹妹做「白居易」……有時還會代入詩文中描繪的各式人等，甚麼楊貴妃啦、李後主啦、賣炭翁啦……作出自以為神似，實際上卻是古靈精怪的動作舉止，把一向嚴肅認真的外婆逗得開心不已，忘了一切責罰。

外婆的家庭教育，也不只是限於監督我們讀書寫字，凡是對小孩子身心健康成長有益的活動，她也會一手策劃和執行。放暑假的時候，外婆帶我們到遠郊的海角紅樓去學習游泳。炎炎夏日，外婆不辭勞苦，打包幾盒雞蛋炒飯，撐起一把陽傘，就帶着我和弟弟妹妹，乘上開往郊區的公共汽車。她自己其實並不會游泳，就專門請來她的排行第二十五位的小叔子來教我們游泳（外婆出身於廣州西關的大家族，她的祖父妻妾成羣，親戚眾多，共有 36 個叔叔之多）。二十五叔較外婆年輕得多，但我們要尊稱他「廿五叔公」，好在他

為人和藹，而且十分耐心地對待小孩子，我們才沒有被他那古怪的稱謂嚇倒。

到了游泳場，我們跟着廿五叔公下水池學游泳，外婆就一直撐着陽傘，坐在池畔觀看。

到了午休，外婆就會拿出香噴噴的雞蛋炒飯，又買來清甜可口的雪條「犒賞」廿五叔公和我們一羣小孩子。

冬天來了，外婆和外公一起，帶我們去越秀公園的雪屐場學滑雪屐。我和弟弟妹妹初次穿上雪屐，站也站不穩，總是摔跤，外婆和外公一直向我們招手、打氣：

「不要怕，再來，再來！」

也不知道摔倒多少次，我們終於學會了，在雪屐場上可以自由自在地滑行。外婆外公一齊為我們鼓掌，然後帶我們去公園山坡下的湖畔酒樓「聽雨軒」裏去飲茶、吃點心。隔代親情的幸福，令我終身也難忘。

味道與人生

一位作家朋友從法國來香港度假探親，她在彼邦生活了不下十年，難得回來和好友重聚。那個美好的傍晚，我與她在海風習習的南丫島上，吃了一頓本土風味十足的海鮮宴，感覺還不錯。

席間，我問朋友此行有何心願要了，她不加思索，即刻答曰：

「我想吃一碗正宗的綠豆沙糖水。」

「綠豆沙糖水？」

我一下子被「震住」了。萬萬沒想到，她的心願如此簡單，聽來簡直令人有點「微不足道」之感，但，且聽她道來：

「你不知道，我在那邊生活，一屋子裏都是法國人，他們根本不懂得綠豆沙糖水為何物，就是擺在面前，也不會欣賞。可我從小就愛吃這款家鄉甜食，尤其是在大熱天時，吃一碗清甜解暑的綠豆沙，一舌頭盡是甜美即溶的豆泥豆沙，加上令人回味無窮的香草陳皮，還有那爽滑柔軟的海帶，嘖嘖……任何高級的法國甜品，也難以代替。」

她的一席話，不免令我動容，真是每個人心裏都有一道鍾情的美食，不過，我還是有些迷惑：

「我去法國的時候，也看到不少賣中式雜貨的小超市，你就不能來料加工，自行炮製嗎？」

「也曾為之，可配料不足，做出來也不是那個味兒，丈夫和三個孩子都嗤之以鼻，害我獨自吃那一鍋糖水，整整三天也吃不完，真是不消提。」

她講得酸楚，我當即拉她登船：「走，我家附近就有一間賣綠豆沙的小食店，有點口碑。我們這就去嚐嚐，好讓你了一心願！」

好在舟車並不勞頓，朋友對那小食店的綠豆沙非常滿意。

隔天，她告訴我，忍不住又專程去那小食店，再次品嚐她的心頭所愛——甜美可口的綠豆沙。

她使我想起了一個親戚，多年前和一位德國女子共諧連理。生活在他鄉，日久天長，他苦苦眷戀的是香港的「炒貴刁」——一種南洋風味的辣椒炒粉。無論哪個親友到那邊去探望他，均被請求帶一些炮製「炒貴刁」的辣椒醬。無論身在何方，他的食譜之中，永遠會有他鍾愛的港式「炒貴刁」，此情不渝。

「王者以民為天，民以食為天」，秦末說客酈食其早已看得很透徹。

當然，墨子也說過：「食者，國之寶也。」他認為糧食對百姓和國君同樣重要。

自古以來，為中國人尊崇的「萬世師表」孔夫子，把「兵」、「糧」、「信」當作立國三要，還在《論語‧鄉黨》中用了十之五六的篇幅談飲食，細緻到哪些肉該吃、哪些不該吃，更作出「食不厭精」的最佳示範。

先賢對於美食與民生，美食與人生的理論以及實踐，非常明智，近乎完美。可是，在天災和人禍頻仍的年代，領略不易。

小時候我在內地，從 3 歲開始，就在幼兒園「全託」，天天吃大鍋飯，菜都是煮得黃黃熟熟的，味同嚼爛布，我的小味蕾雖然還不怎麼發達，卻也漸漸抗拒，厭食，一點點地瘦下去，眼見得小小人兒快變成了小小猴。媽媽公務纏身，一籌莫展，從香港來的外婆看不過眼，把我由幼兒園接回家去「重新培訓」。外婆除了千方百計買來雞蛋雞肉，給我做了味道好，又有營養的菜餚，還親自發號施令：「扒——嚼——吞——」，一口一口地督促我進食。經過一番調教之後，我終於重新開了胃，能夠正常進食，正常成長。但對於吃食這件事情，我還是興趣不大。也「幸虧」是這樣，我在後來的三年自然大災害，全民大饑荒期間，才不至於像其他人那麼樣難過。

直到我上了小學，自然災害和饑荒完全過去了。我家請來了一個精明能幹的家務助理——八嬸，情況發生了很大的變化。八嬸來自名人聚居的西關，曾給本地的粵劇名伶做過家廚，燒得一手好菜。用她的話說，煮菜餚豐富的「九大簋」宴席，也就是像「家常便飯」那般，「閒閒地」得心應手，好多名聲震天的大老倌，如羅家寶，馬師曾，紅線女，林小群……都常常是她主理的座上賓。

好一個厲害的八嬸！我從來沒見過有人幹廚房活像她那樣麻利的，也從來沒吃過家常菜像她做得那樣好吃的。我的味蕾，被她的巧手一下子搞活，發達起來了！

嚐嚐八嬸做的冬瓜盅吧，大小適中的一整個冬瓜，就像精緻的翡翠聚寶盒，裏面裝着蓮子、絲瓜粒、火腿屑、小蝦米、瘦豬肉、夜香花……要多鮮有多鮮，要多香有多香，合着層層迭迭的冬瓜肉，熬成精華湯汁，清潤可口，滲人心脾。

再嚐嚐那一隻如同鍍上了黃金似的鹽焗雞。沙薑的特別香味，特別刺激人的食慾。鹹淡適中的雞肉，一塊塊滋味無窮。

不可不嚐的要數沾了蕃茄醬，紅得耀目，還加上雪白如雲綻放如花的蝦片做伴碟，咯咯脆，鬆鬆化的豬排。還有那用茶瓜，糖蒜，梅子烹調，色彩繽紛，酸甜醒胃的五柳魚。還有，還有，八嬸獨家配方自製的叉燒、燒排骨、咕嚕肉、燉元蹄、荷葉飯……誘得我啊，只恨不能多長出個胃來。年到10歲，方知人間有美食，只怕天上的王母娘娘也艷羨呢。

我全心全意成為八嬸的忠實「擁躉」，套用今天的「潮語」，我是不折不扣的八嬸「粉絲」了。

看到我賞識她的廚藝，八嬸也特別厚待我。

「你這孩子太瘦了，我一定要讓你吃得胖起來。」八嬸下決心道。

她每天晚上專門給我一個人煮夜宵。在如此「寵幸」之下，我長得很快，不怎麼胖，卻一下增高了。

那時候，從社會到家庭，環境基本安定，爸爸媽媽有時也會帶一家人上酒家，餐廳用膳。我們都有「口福」了，7歲的妹妹至為雀躍，吃飽喝足，還會「即席拔毛 (揮毫)」，當眾題詩：

北園酒家，

是羊城一枝花，

有魚有肉又有蝦，

人人來到笑哈哈！

充滿童真稚趣的詩句，把在場的侍應、賓客和廚師，都逗得笑哈哈。

味蕾發達，除了會欣賞經過烹飪的菜餚，我對天然的蔬果美味，也大感興趣。好在生長的嶺南之地得天獨厚，一年四季，佳果不斷。最難忘是荔熟時節，享有「嶺南果王」盛譽的紅荔枝，甚麼「桂味」啦，「糯米糍」啦，「妃子笑」啦……不同品種的荔枝，各有不同的美味，叫人百嚐不厭。有一次，適逢荔枝大造，爸爸精挑一簍新鮮甜美的，空郵給他的好朋友，身在北京的著名作家老舍先生。他老人家收到之後，不勝高興，即時回禮，寄過來一箱水靈靈，甜滋滋的水蜜桃，還附加題詩一幅。我幼小的腦袋只記住了其中之一：「……天上飛來紅荔枝……」

那是我有生以來吃過的最美味的新鮮水蜜桃，至今難以忘懷。

有道是：「好花不常開，好景不常在。」我從很小的時候起，就認準了這句話。在多災多難的現代中國，特別容易「應驗」，而一當「應驗」，又特別令人痛苦。

「史無前例」的「文化大革命」在中國大地上爆發，中斷了不知多少美味人生，曾寫詩讚美「天上飛來紅荔枝」的老舍先生，含冤受辱，悲憤投身湖底白殺。

在「文革」的衝擊下。我的家，已不成家：爸爸被紅衞兵抓去批鬥，媽媽被強令進「幹校」，八嬸也不得不離開我們了。臨走之前，她手把手的向我和妹妹傳授她多年積累的廚藝，由此，我知道了醬油雞的醃料，炸豬排的祕訣，切、炒牛肉的方法……雖然那時候根本用不上了，買肉極度困難，除了要用限量的肉票，還要看菜市場有沒有供應；就是有供應，還要天不亮就去排大隊……

八嬸走了之後，我和幾個年小的弟妹，就變成了像是無主孤魂似的，有一頓，沒一頓的過日子。有一次，我煮湯忘記看火，把鍋都燒爛了，鄰居差一點兒報火警。後來，外公知道了，急忙把我和弟弟妹妹接到他家裏住。

那時候，外公從博物館退了休。長年獨居生活，買菜，做飯，從來不假手於人。對於飲食之道，外公也自有講究，主要是以清淡健康為準，這也可能和他早年留學日本所養成的生活習慣有關。我和弟妹住在外公家，一日

三餐，全由外公操持，他做得幾個「拿手好菜」，一是炒黃埔蛋，把雞蛋打散了，調味，加上蔥花，炒成鮮嫩金黃，卻不焦不實，香滑可口；二是燜燒東坡肉，肥美的豬肉，做得既不膩口，又鹹甜適中，結合了滬、粵菜的優點特色；還有雞蛋炒飯，外公有本事把飯炒得不黏不爛，一粒粒金珠子似的入味又有一流的口感。我和妹妹都非常佩服外公，馬上拜師學藝。外公毫無保留，教我們甚麼時候加水，甚麼時候蓋鍋，還要如何看火候等等。

外公對本地的美食，也很懂得欣賞。他一向有早晨上茶樓吃「一盅兩件」點心的習慣，但「文革」一來，連茶樓接待茶客的經營方式也打亂了，加上食材供應缺乏，茶樓接二連三地關閉，剩下的寥寥無幾，就是上茶樓飲茶，也不能安坐在位，因為一有點心供應，茶客都要一窩蜂地上前哄搶，手快有，手慢無。外公無奈慨歎，「腸粉」都變成了「搶粉」，所以，他也不再上茶樓吃點心了。不過，為了給我們這些小饞鬼解饞，外公還是想辦法從茶樓外賣點心回家吃，也鼓勵我們去附近的食店買餛飩、水餃，去冰室買雪糕回來吃。為了方便，外公還準備了許多零用錢，給我們隨時拿，隨時買，隨時吃。我和弟弟妹妹那時都覺得，到了外公家，簡直就像走進了自由度很大的美食天堂似的。

外公還常說，看我的相是有「食福」的，會吃，也能吃。我卻半信半疑。讓我最上心的，倒是聽學校的一位老師閒聊時說，在日本，有一些職業食評家，他們的工作，就是去不同的餐館、食店，品嚐各種各樣的食品菜式，寫出評論，然後再吃，再寫……

我就像是聽到天方夜譚似的，感覺不可思議。「職業食評家」，這可真是天生有「食福」的人啊！如果我們這裏也有這樣的職業，那就肯定是我的第一個理想。自然，我還是不敢宣之於口的，太饞了，還不被人笑死了，也罵死了！

又是應了那一句話：「好花不常開……」我在外公家的好日子沒過得上多久，我就升上了中學，被派到遠郊的農村去建分校，按計劃，我們要建10間房屋，建造方法，是採用當地農民的土法。首先，要到山上去砍樹回來造屋樑。

中學生，才十來歲的孩子，手上只帶一把砍刀，沒有任何先進的工具，天不亮就要起牀，走兩個多小時的山路，趕到伐木區去。要砍的大樹，要我們兩個人才合抱得起。從太陽升上山的時候就開始揮刀砍伐大樹。砍啊。砍啊，幼嫩的手被刀震得生痛，又痠又累，要砍下一棵大樹，談何容易。從早晨砍到下午，帶去的水喝乾了，又渴又餓，我只好像其他同伴那樣，就地取材，俯身去喝山澗的流水。直到把大樹砍下，太陽已經落山，我們也要把大樹扛回工地去。這才是最艱辛的歷程呢。兩人合扛一棵大樹，還要走過崎嶇的山路。我是把「吃奶的力氣」也用上了。肚子裏卻空空如也，餓得前腔貼後背，真實一點不假。當天齊黑，我們精疲力竭。回到宿舍，人人都餓得成了瘋子。

「快！給我 5 兩飯！」

「我要 6 兩！」

「再來 8 兩！」

就是這樣，我創下了一餐吃 10 兩飯的驚人記錄，要知道，內地實行十進位，10 兩飯，相當於一斤了。沒鹽沒油沒餸菜，那一刻，我覺得白米飯是天底下最好的美食了。

熬到十年「文革」結束，大家都鬆了一口氣。我的美味人生，寫出了新的篇章。

給一家文學雜誌投稿，得到編輯部的邀請，到著名的景點蓮花山去培訓，改稿。想不到，這個歷史上鼎鼎有名，林則徐曾經留下足跡的地方，不僅風景秀麗，美食也是一流。每天早上，大夥兒一起到鎮上的小店去吃即製的白粥和鮮蝦腸粉，味道鮮美無比，真是百吃不厭。午飯和晚餐，餸菜並不會太豐富，可就是勝在新鮮。到了晚上，我們各自修改稿件之餘，還有夜宵慰勞。那可不得了，我竟然獲得一斤燒螃蟹。天啊！我從來沒受到過這樣的厚遇，整整一斤，不是白飯，而是螃蟹！難怪大夥兒都說，這是「神仙過的日子」。

從此以後，我多次參加類似的活動，遊遍了飛霞山、羅浮山、西樵山等等嶺南的名勝，也吃遍了當地的美食。外公說我有「食福」的預言，似乎在逐

漸實現。

　　到了舉世公認的「美食天堂」香港，更有意想不到的精彩。

　　初到貴境，我進入電視台工作，負責編寫一個以女性觀眾為主的消閒節目，其中有介紹香港美食的環節。而每次寫稿之前，我都要「以身試菜」，先到酒樓、餐廳去嘗試要向觀眾介紹的美食。這可是黃金機會！我得以好好地認識認識世界頂尖的美食天堂，那個深藏多年見不得人的「理想」或是「願望」，不免又心中浮動蕩漾。那些日子，我幾乎嚐遍了香港馳名的大館子，從一碗湯到一鍋粥，到一籠點心；從一道菜到一煲飯，從一隻雞到一條魚，從備料到洗滌到烹調到上桌，都很不簡單，大有來頭。有一次，我到一家著名的潮洲酒家試菜，吃的是一塊其貌不揚的燒海螺片，但價錢竟然是 600元港幣，而我當時的月薪才 800 元。為享「口福」，香港的老饕甚麼都在所不惜。

　　因工作關係，我也接觸了香港最有「食福」的人 ——「職業食評家」。記得那次我隨隊去澳門、珠海拍攝飲食特輯。在石景山遊覽區，巧遇著名的美食家唯靈。他天天在報上寫食經，光是粥的吃法和做法，就可以連寫數篇文章。只見他鬚髮斑白，臉泛紅光，精神煥發。真是相請不如偶遇，我們的節目導演乘勢邀他當節目主持人，拍攝全鹿宴的現場食評。唯靈先生欣然上鏡，根本不用打腹稿。全鹿宴、煎鹿肉扒、炒鹿肉絲、爆鹿肉丁……席間的每一道菜，都是用鹿肉做的，唯靈先生能一一指出不同的味道特色，毫不含糊，令人佩服。

　　後來，我又認識了蔡瀾、陳任、黃雅勵、梁玳寧、梁文韜、甄文達等食評家、酒評家，還有幸和他們一起品嚐美食美酒，他們都有着一個共同的特點，就是不僅有理論，還有實踐，都會做一手好菜，廚藝出色。最令我感動的是以《YAN CAN COOK》這一美食節目聞名於世的甄文達，原來他也是生在我成長的城市。他負笈美國，歷盡艱苦，創辦了烹飪學校。他在飯桌上伸出手來讓我看，上面刀痕纍纍，就是他努力奮鬥的明證。我們實在不能只羨慕美食家享有「口福」的一面，還要看到他們成功後面所付出的代價，比普通

人只會多，不會少。

隨着世界文明進展，社會安定富裕，人對美食越來越講究。「民以食為天」，兩千多年的古訓，已經是放之四海而皆準的道理。我抽空再陪自法國回來的朋友吃她至愛的綠豆沙糖水，眼前疊映的卻是我在法國看到的畫面：

頭髮金光閃閃，膚色潔白如雪的女主人，當眾捧出一盤麵團，輕輕放到宴席上，把所有賓客的目光吸引住了。

接着，她又舉起一個小錘子，敲開那麵團，一隻燒得香噴噴的整雞，奇跡般出現。

「對不起，這是我看食譜做的『乞兒雞』，可惜找不到合適的爛燒土，唯有用麵粉代替，請各位多包涵⋯⋯」

香港都市生活題材的小説創作

香港雖為彈丸之地，但社會生活中五花八門的名堂，從形式到內容卻不減世界上其他大都市，或妖形怪狀，或活色生香，五味俱全，文武全備。

由於香港的歷史特別，華洋雜處，多民族、多元文化共融，傳統與現代並存，殖民地與後殖民地等等不同階段的發展進程，形成奇特罕見的都市面貌和人情世態，都是小説家取之不盡，用之不竭的源泉，當然也可大顯身手。歷來知名的作家如張愛玲、韓素音等等，均留下了專寫香港的經典名著。

我從國內到香港三十多年，在文化界中從事電子及文字媒體工作多年，至於寫作方面，主要投入是與職業有關的兒童文學創作。但期間也因有感而發，寫一些有關香港都市題材的小説。就自己所熟知的人物及其生活片段，寫過中、短篇小説集《香港情式》、《女子物語》、《燒》等等，以及長篇小説《文曲譜》，分別在香港和內地各地發表出版。小説內容大部分都是集中反映香港社會的各階層人物生活，尤其是一羣南來文化人的生存狀態，揭示他們不同的際遇與品格。

在香港這個高度商業化的社會，文化人似乎代表了不起眼的一族，甚至與邊緣人聯繫在一起，無論怎麼説都算不得是社會的主流。而文化人中的「南來」一羣，就更是「另類」的一族，屬於邊緣中的邊緣，更不為這個社會所看重。不管他們本身的品性與成就如何，只要一跨過羅湖橋，成為這蕞爾小島上的一員，那「南來」的身份就會成為一個標籤，甚至成為一種原罪，受到帶有疑慮目光的審視。生長背景的不同，以及意識形態的差異，形成了文化的隔膜，也造成了無形鴻溝，這些客觀存在的生存藩籬，無疑成了南來文化人在本地落地生根時，必須跨越的障礙。跨得過去的自然融入本地文化的羣落，如魚得水，甚至功成名就；跨不過去者則只能退守一隅，落魄潦倒，自生自滅。小説試圖選擇一個比較獨特的角度，切入這羣人的生活，並反映香港的社會現實，描繪出這個羣落的眾生相。

在小說創作的過程中，我常常想起莎士比亞的名言：「人生有如一匹善惡絲線交織的布，我們的善行必須接受我們過失的鞭策，我們的罪惡卻又賴我們的善行加以掩飾。」

有評論家指出，《文曲譜：香港的離散與追憶》從故事題材到人物的身份和命運，是一部講述香港的《圍城》和《小世界》。熟知香港文化圈的人，對書中出沒其間的一眾人物，或許大都能找到對應的生活原型。「《文曲譜》似乎意在承續那個特殊的年代留在香江的那縷南來的文化血脈，譜寫一曲新的文苑英華之歌。」

童詩中的童心童趣

　　旨在鼓勵及推廣現代詩創作、傳承及發揚中華漢詩傳統的「李聖華現代詩青年獎」，自從創辦以來，廣受教育界和文學界，以及對現代詩創作熱情關注的公眾歡迎與好評。參加比賽的人數越來越多，作品的水準也越來越高。至今年已經進入第三屆了。我有幸受到邀請，連續三屆擔任小學組的評審工作，每每都有意想不到的驚喜和收穫。以詩言志，一般是指成年人的詩作而論，其實也可以用在兒童詩創作的本義上。小學組的同學參加現代詩創作比賽，用自己的語言文字寫成詩句，描繪童眼中看到的的世界，自然流露出純真稚氣的一面，也就是展現了所謂「童言無忌」的、完全有別於成人情意的童心、童趣。

　　在首屆和第二屆參加比賽的小學組作品，大多數比較成熟，無論是構思、意象和煉句，都顯得是經過了作者的深思熟慮，並非一揮而蹴的，其中有的作品，竟然還帶着孩子氣的傷感，卻也不乏打動讀者的語句。個別的還不難看得出有模仿成年人詩作的痕跡。

　　但是，本屆也就是第三屆的的小學組作品則有別於前兩屆，許多作品不但具有鮮明的原創特徵，而且還富有本土的兒童趣味。

　　其一：

寫生

今天

老師帶我們到郊外寫生

我本來要畫水晶瀑布

但發現一隻受傷的麻雀

牠很可憐

牠沒有家人

牠的翅膀折了

我拿出小小的膠布

貼住牠小小的傷口

麻雀很開心

我畫下牠的姿態

我畫下牠的快樂

和美麗的

笑容

其二：

懷孕

我問媽媽：

為甚麼你有大肚子

媽媽答：

因為我懷孕了

我不明白甚麼叫懷孕

我就看一本叫《懷孕的學習》

原來懷孕的媽媽要：

喝半杯水

睡五十分鐘

走路九十分鐘

不可以跑

明天我就要媽媽

跟這本書做

　　我們可以看到，這兩首兒童詩的創作，都別有新意，充滿童心和關愛之情。第一首寫得自然、真實，從開始描寫山水美景，轉而為描寫受傷後的麻雀，以及孩子對牠採取的救護行動，意在言外。

第二首的寫作方法，有了更好的提升，寫的是孩子對懷孕母親的關顧，並沒有流於淺露，而是透過一系列的細節描寫，呈現出其中的摯愛之情。

　　小學組的兒童詩作者，除了對自己看見的生活現象、自然景致，以不同於成年人的兒童心理、情感去理解、描寫、抒發之外，還會對抽象的感觀，進行非一般的創作，此類作品，更令人驚訝。

　　比如有一首《快樂是甚麼》：

<blockquote>
快樂是甚麼？

快樂是一個騙子，

常常掛在別人的臉上，

卻不給租錢。
</blockquote>

　　作者竟然想到用「騙子」來比喻快樂的無常，「常常掛在別人的臉上，卻不給租錢」，真是絕妙的諷刺，更深化了主題。

　　出自兒童作者手筆的兒童詩，想像力天馬行空，生動活潑之餘，也有的活像是有畫面，有聲音，變幻無窮，想像力豐富的兒童卡通片那樣，趣味十足，超乎尋常。

　　像這一首《用顏色作詩》：

<blockquote>
紅色和藍色打架，

不小心混合了，

變成了紫色，

他們哭了。

紅色和藍色分不開，

唯有去醫院，

請醫生和護士幫忙。
</blockquote>

　　這首詩的想像力非常之豐富，把不同的顏色，賦予不同的性格，寫來栩栩如生，生動活潑，全是兒童的特有想像和創意。

　　還有一首《過馬路要小心》：

交通燈像媽媽

一時紅着臉

一時青着臉

心情很複雜

行人像兒子

誰敢往前走？

站在這兒

左看看 右望望

這是以生活中的交通燈入題，但寫的卻是母親和兒子的不同形象，又以非常生活化的細節，寫出母子之間的微妙感覺與感情，給讀者帶來很大的驚喜，蘊含了兒童作者特有的風趣、幽默。

再看看另一首《坐火車》：

媽媽帶我坐火車

火車隆隆開動了

窗外東西也開動

山上大樹往後退

路旁房子往後退

田野牛羊往後退

所有東西都往後退，往後退……

火車和它們吵架了嗎？

這是一首令人感到別具童心、快樂有趣的有如圖像般的兒童詩，純粹從兒童的角度看世界上的事物，驟看平平無奇，但當詩句寫出景物逐一「往後退」之際，忽然殺出一個「回馬槍」式的結句：「火車和它們吵架了嗎？」用孩子稚氣的口吻，生動傳神又盡顯童真，把全首詩都寫活了。

總的來說，第三屆李聖華現代詩青年獎小學組的作品，呈現了本土兒童詩創作的新面貌。兒童作者寫的兒童詩，充滿了原創性和地方特色，顯露

出非同一般的童心、童趣，活潑多姿。作為評審之一，更為之感到高興、驚喜。只是好的作品太多，可惜獎項有限，有些水準不錯的作品，因此而未能入選，也實在是令人遺憾的。如果有關方面，能因應此種情況，作出適當的調整和增加，小學組的參賽作品評獎效果應該會更好。也希望能通過這一屆的評選工作，能鼓勵更多的本地小學生參加兒童詩創作活動，在已有的成績上更上一層樓，在來屆的比賽中，讓小詩人們的創作潛能，有更充分的發揮，產生更多優秀的兒童詩作品。

讓兒童的想像力展翅飛翔

　　兒童文學的最大特色，也是其魅力所在，就是無窮無盡的幻想力，能讓兒童讀者在充滿美妙想像的文字天地中，自由奔放，展翅高飛。

一、網絡世界對想像力削弱的危機

　　然而，在現代科技發達，電子信息橫行的世界，現代兒童的想像空間越來越狹窄。孩子們被鋪天蓋地而來的電子遊戲、電子媒體充斥着日常生活，分分秒秒被搞得暈頭轉向，所有的想像能力，幾乎都被窒息和扼殺了。不少孩子，成天到晚拿着手機或電腦，做「低頭一族」，只會打機、打機，刷屏、刷屏，幾乎連基本的學習專注力，也日漸消失，許多家長和兒童教育工作者，都感覺事態嚴重，紛紛提出指控或抗議。事實上危機的確存在，人如果沒有想像力，也就沒有創造力。長此以往，作為未來世界的主人，兒童的想像能力如果一直被削弱下去，其後果之嚴重性，實在是難以估計。

　　因此，我們兒童文學作家必須看到，每一個孩子，都應該是與生俱來的幻想天才。我們有責任要好好保護這些想像力，並且通過兒童文學的創作，挖掘和激發孩子們更多的想像力和創造力。只有這樣，未來的世界才會對他們呈現出越來越廣闊、越來越美好的前景。

二、上海兒童文學作家的幻想力豐富，作品精彩

　　年前，我有幸到上海參加了首屆國際兒童書節，與來自世界各地的兒童文學作家歡聚在一起，交流創作經驗，還獲邀到上海著名兒童文學作家秦文君老師的「小香菇兒童閱讀之家」參觀學習，印象非常之深刻。我所看到的上海兒童文學作家的作品，想像力豐富，多姿多彩，為兒童讀者帶來極大的閱讀樂趣和幻想空間。比如秦文君老師在國際兒童書節上發佈的最新創作的兒童幻想小說「小鳥公主系列」，將筆觸聚焦於每一個女孩在成長過程中都曾有過的「公主夢」，刻畫了小鳥公主、大鳥公主、烏鴉王子、朱栢等一系列經

典的兒童形象，將孩子們克服膽怯、勇敢面對成長難題的過程描述得淋漓盡致，是一套把愛和美傳遞給孩子，教會孩子勇敢面對成長的勇氣之書。首期共三本，分別是《被寵壞的公主》、《逃往千年國》、《換媽媽的魔法》。這三本書分成三個色系，而且書名很吸引孩子，小鳥公主，每個女孩都有公主夢，那麼，小鳥公主會是甚麼樣子呢？吸引孩子閱讀下去。這一套叢書非常富有幻想力，甫和孩子們見面，就受到熱烈的歡迎。當地的小學生，還把書中的內容改編成舞台劇公演，證明了這一套叢書大大地激發了他們的想像力，由此而發揮出更大的創作力，產生了令人驚喜的效果。更被評論家表揚，指出：「《小鳥公主》系列的出現，為具有當代中國特色的幻想文學提供了不可多得的範本。」

另一位上海的著名兒童作家沈石溪老師，最擅長創作動物傳奇故事。在兒童文學中，動物小說故事往往會比其他類型的小說更有吸引力，是因為這個題材最容易刺破人類文化的外殼和文明社會種種虛偽的表象，可以毫無遮掩地直接表現醜陋與美麗融於一體的原生態的生命。人類文化和社會文明會隨着時代的變遷而不斷更新，但生命中殘酷競爭、頑強生存和追求輝煌的精神內核是永遠不會改變的。比如沈石溪老師寫的動物傳奇故事《最後一頭戰象》，講述一頭即將步入墳墓的戰象，奮力披掛上當年的象鞍，跋山涉水趕往百象塚，要與曾和自己浴血奮戰的夥伴們葬在一起。精明的獵手覷覦百象塚裏幾百根價值連城的象牙，一路悄悄尾隨在老戰象身後。蒼茫暮色中，老戰象用盡生命中最後的力量，與同伴們會合，與這片曾經灑滿熱血的土地會合……

還有《狼妻》，寫的是有一隻公狼被一槍斃命，動物學家為揭開狼家庭的祕密，披着狼皮喬裝成公狼來到即將分娩的母狼身邊。讓他驚訝的是，母狼竟然接納了他。他履行公狼職責，為母狼和剛出生的狼崽提供食物。小狼長大了，動物學家完成了考察任務，即將結束「狼丈夫」生涯。就在這時，母狼突然將他撲倒在地，尖利的狼牙無情地瞄準他的喉管，一場驚心動魄的人狼搏殺旋即展開……

這些故事的情節都很不尋常，引人入勝。

還有一位創作力強盛，作品繁多的彭懿老師，也是我特別敬佩的兒童文學名家。他曾經獲得「陳伯吹兒童文學獎大獎」，作品特別具有童心、童趣和天馬行空的想像力。他的得獎作品《老師，操場上有個小妖怪叫我》，故事由一位名叫夏殼殼的 10 歲男孩子講述：

「上課的時候，我聽見操場有一個奇怪的聲音叫我：「爸爸，爸爸，請召喚我！」我跑出去一看，是隻綠色的小妖怪。我還以為它認錯人了，可是它一口咬定我就是它爸爸，説是我生了它，還逼着我給它起了一個名字叫『呃呃呃──呃噓』。後來我才知道，原來它是我在田甜的本子上的塗鴉作品，想不到它竟活了。更離譜的是，田甜在那個本子上寫了一篇幻想小説，而我、跳蚤一世、柿子樹和喂喂耗子四個讀過她這篇小説的人，竟然和她一起，真的走進了她在小説中虛構的妖怪村，遇到了一個又一個的妖怪……你知道是誰把我們領進妖怪村的嗎？對，就是我的『兒子』呃呃呃──呃噓。

誰是幕後導演？ 我的朋友變成了打雷巨怪、青蛙婆、大腳怪、大眼毛球怪，他們還能變回來嗎？」

彭懿老師以完全超乎校園小説的想像力來寫校園小説，確實是非常優秀的幻想兒童文學作品。

三、香港兒童文學作家的創新嘗試，層出不窮

至於香港方面，最為人熟悉的兒童文學作家阿濃（朱溥生），很早就創出了《阿濃説故事》系列作品。他寫的上百個故事，有「故事新編」，講述的雖然是大家耳熟能詳的童話故事，但只有阿濃才知道這些童話的最新結局；又有「地方的故事」──原來阿濃到過很多有趣的地方，每一處都寫成有趣的故事；另外，有「物的故事」──在阿濃的世界裏萬物有情；有「人的故事」──善良的一面使人看了心裏舒服。阿濃真是一個説故事能手，他的故事幽默風趣，人物有情有義，除了想像力無限，還可以令孩子們從中學到人生的哲理。

特別值得留意的是香港兒童文學作家宋詒瑞老師近年的創新之作《活捉錯別字》，別出心裁地創作了語文童話，讓兒童讀者以想像力降伏錯別字字妖，提升語文能力：在日常生活中，孩子們不時會遇到一些令人困惱不已的詞語：

香噴噴的是「麵包」還是「面飽」？軟綿綿的是「綿花糖」還是「棉花糖」？……

面對這些難以分辨的字詞束手無策？只要快快翻開這本書，就可以和孫家捉妖隊一起活捉錯別字！宋詒瑞老師把兒童普遍視為枯燥乏味的語文知識，化作生動有趣，更可發揮想像力的語文童話，真的是創意十足。

還有另一位香港兒童文學作家馬翠蘿，她創作的《公主傳奇》系列童話，為近年來最受青少年兒童讀者歡迎的系列之一，當中融入了諸多新的創作元素，展示了天馬行空的想像，給人以耳目一新的感覺。最近出版的第 15 本公主故事，有這樣的情節：前一秒，故事主角小嵐還在和曉星討論「李世民是不是個完美的人！」下一秒，他們就一齊跌落到唐朝！陰差陽錯的，二人又被當作拐騙李世民兒子的人抓起來。

而此時，秦王府上上下下都為公主的事情煩惱：失蹤八年的永寧公主近日被找到了，卻在回來途中意外受傷，一直昏迷至今，眼看皇上的壽辰就要到了！不過巧的是，小嵐竟然和永寧公主長得一模一樣，李世民在見到小嵐的那一刻，也想出了一個主意……

這些都是兒童讀者喜歡閱讀的幻想故事，也能從中學習歷史與文化的傳統知識。

當然，香港還有很多的兒童文學作家，如黃慶雲、黃虹堅、韋婭、李偉才、梁科慶、劉素儀、何巧嬋、嚴吳嬋霞、東瑞、潘金英、潘明珠、孫惠玲等，多年來在創作方面，也有種種令人欣喜的突破與創新。

至於我本人，曾在上海出版了《尋龍探險記》、《問題少女的祕密》，與母親黃慶雲合作出版《會鳥語的媽媽》等兒童文學作品，以及《周蜜蜜經典童書》。這是一套以小學中高年級學生為主要讀者對象的科幻冒險小說和童話故事集。整套書共 5 冊。小說涉及虛擬網絡、神奇探險、偵探推理等主題，故事情節奇幻跌宕，語言貼近孩子的心理。被評論指「具有着極為突出的時尚、科技幻想的新鮮特點，能夠從傳統童話故事書中脫穎而出，濃鬱的時代氣息，非常適合現代中小學生閱讀」。

全套書包括《神奇貓約會》：小女孩尤妙有一隻很可愛的貓，牠的名字叫滾友。一天深夜，尤妙走近書房時看到了奇怪的一幕：滾友正坐在電腦前，

用爪子操控着鼠標！隨着牠的點擊，電腦熒幕上出現了一串古怪的圖案，也就是在這個瞬間，一道巨大的光束，把尤妙吸進了一條很深很長的熒光隧道裏。原來尤妙誤闖進了「貓約會」，化為一對眼睛藏在滾友的眼睛裏，由此開始了一段奇妙的冒險……

《數碼公主》：在數碼王國裏，住着幾位數碼公主，她們分管人類網絡中的各種信息的傳送。有一天，她們發現了一張「人類失蹤兒童信息網頁」，上面排列着失蹤孩子的姓名，那名字多得像一條見首不見尾的長龍。為甚麼會有這麼多的人類孩子失蹤？是他們貪玩，受不了功課的壓力，還是缺乏家人的關心與照顧呢？這些愛心滿溢的數碼公主決定追查孩子們離家出走的原因，這個過程波折重重，甚至遇上了可惡恐怖的食腦魔。究竟她們能否完成任務呢……

《神面小公主》：在遼闊的大海一端，散落着一些很小很小的島嶼，其中有一座特別的小島。這座島上的居民永不會愁苦，也不會煩惱，因為他們還在褓褓的時候，就被島上的女王面貼地親吻過，這位女王的面頰有一種神奇的力量……終於，女王誕下了一位可愛的公主，而她竟然擁有比她母親更為神奇的力量……

《小小 X 檔案》：50 年前失蹤的天才兒童，竟與眼前的四個少年長得一模一樣……

頭號重犯逃出高度戒備的監獄囚室，四周沒有任何損毀的痕跡，唯一的出路，就是牆上小小的氣孔……

海上驚現「鬼漩渦」，任何事物靠近，都會被捲進去，消失無蹤……

展館內的恐龍蛋化石在短短 3 秒內被偷走，偷竊者究竟是……

誤入神龍架，遇見已絕種的恐龍人，到底是敵是友……

連串怪事，衝着王志明和方智玲而來，到底，這兩個「小小 X 檔案」創始者，能否解開重重匪夷所思的謎團？

《虛幻王國之謎》：志星無父無母，卻是一位電腦天才，綽號「電腦智多星」。一天，在神祕數字的指引下，他發現，自己竟然是「真心救地球會」的

傳人，並且擁有「心腦通靈」的異能。這究竟是怎麼一回事？電子怪物鱷魚頭鷹四處襲擊，電腦模擬人不斷犯案，一系列離奇事件的背後，究竟藏着怎樣的陰謀？志星和「真心救地球會」的會員們深入虎穴，終於發現了虛幻王國的祕密……

　　雖然自己在創作兒童文學的幻想小說中作出了一些努力，但和上海、香港的同行先進相比，還有不少差距與不足，今後仍需在這方面多下功夫，力求創作出幻想力豐富而又有益兒童身心健康成長的兒童文學作品，以助擴闊孩子們的想像天地和創造出更加嶄新的世界，真真正正讓兒童的想像力展翅飛翔。

愛心注濃情　妙筆繪童真

　　很多年以前認識著名作家阿濃，他已經是一位非常受青少年兒童讀者喜愛的兒童文學作家了。那時候，他一邊在學校教書，一邊利用空餘的時間為孩子們寫作，作品發表在各種報紙刊物上，再結集出書，擁有廣大的青少年兒童讀者。

　　為了對抗市面上不良的兒童讀物對孩子們的毒害，推廣優秀的兒童文學作品，我們和何紫等兒童文學作家成立了香港兒童文藝協會，經常在一起進行交流活動。阿濃先生十分熱心，身體力行地創作了一本又一本的兒童文學作品，包括散文、兒歌、小說、兒童故事，文字風格清新而生動，又很貼近本土兒童的生活，如《點心集》、《濃情集》、《本班最後一個乖仔》、《阿濃說故事》、《老井新泉》等等。我常常有幸是在他的第一批讀者之列，每每閱後，也為作品中流露出來的濃情愛心所感動。

　　在阿濃繁多的兒童文學作品中，印象最深刻的是充滿時代氣息和社會現實意義的短篇小說《漢堡包和叉燒包》。此一作品創作於上個世紀 80 年代，曾經被香港電台選為「80 年代 10 個最佳兒童故事」之一。最近本地出版社將它編製成繪本重新出版，一直受到大小作者的歡迎。這部作品寫的是祖孫兩代人諒解互愛、中西文化碰撞共融的溫馨故事：有一天，故事的小主角小強和爺爺高高興興地去買圖書。但到了吃午飯的時候，祖孫二人卻爭論起來，因為爺爺想和小強去飲茶叉叉燒包，可是，小強卻說叉燒包有甚麼好吃，他要吃漢堡包！於是爺爺獨自一人去吃叉燒包，小強走去吃漢堡包……

　　兩爺孫意見不合而分道揚鑣，但相互之間的關心，最終又令他們走在一起了。

　　數十年來，人們的口味不斷地變化，當年不接受漢堡包的老人家，有一部分已經成為漢堡包店的常客了。然而，像故事中的小強那樣，不知道爺爺名字的孩子仍然很多，這就是作品的社會現實意義，因此能夠一直引起讀者

們的共鳴。阿濃的這本兒童文學作品，以淺白的文字寫出濃厚的人情世況，情節自然、生動又有趣，並且富於幽默感。更為難得的是洋溢着温馨的愛意，令青少年兒童讀者百看不厭。這也可以成為阿濃兒童文學的代表作品。

正如阿濃本人在這本作品的序言中所説：「……其實知道爺爺的名字只是一個引發點，我希望孩子們從這一點開始，對祖父、祖母、父親和母親，甚至外祖父、外祖母都有更全面和深入的認識……每一位長輩，都是一本大書，值得我們細讀。在讀的過程中，我們對他們有更多的了解，也培養出更多的愛。」

阿濃就是如此這般，以親切的口吻，淡雅的文字，描述青少年兒童生活中看似平凡無奇的事物，卻帶出深濃的情懷，寫實的意義，打動了無數孩子們的心。這也正是最最難能可貴的，值得所有讀者一讀再讀。

生命教育的彩虹

生命，是每一個人生來都擁有的，但每一個生命，都各有不同的歷程。

大多數孩子都是幸運的，生長在富裕的現代社會，又有父母和師長的寵愛，物質豐富，衣食無憂。但難以填平的，並非是他們的肚子，更重要的是他們的精神需要，這也直接造就了他們的生命質素。

當他們不斷成長，會否成為身邊的某些成年人那樣，投入每天營營役役及繁囂的生活，置身於許許多多紛擾複雜的關係及事情之中，因而忘卻了生命的核心元素 ── 愛和童真呢？

因此，生命教育，從兒童做起，很有必要。生命教育，也成為兒童文學創作的一個重要主題。

香港的傷健畫家李偉霸先生，自幼患上肌肉萎縮症，這病症給他的成長帶來重重障礙和困難。我們都知道，著名的科學家霍金先生，也是這一個病症的患者，情況不同的是，霍金先生成年以後才患上這個病症，李偉霸是從嬰兒時期就有了這個病症。由於骨骼肌本身發生進行性病變，致使肌肉漸漸地退化、萎縮。

肌肉萎縮症的孩子小時候大致與普通孩童一樣活潑可愛，通常等到 3 歲至 5 歲，漸漸出現肌肉無力，常常絆倒，或蹲下去無法站立起來的症狀。這是一個難以痊癒的疾病，很可能是來自基因突變引起。

隨着病童的日漸長大，肌肉無力的情況更加重，使他的活動空間日漸縮小，不能和別人一樣可以隨意活動，常常被乏力之身拖累着，顯得無能為力。

患了肌肉萎縮症，人稱霸仔的李偉霸，他的成長困境也是這樣，日常的活動範圍非常之小。在家裏，從早到晚，屬於他的小小的領地，就是他睡覺的牀了。霸仔總是安安靜靜地待在那裏，看着媽媽做家務。姐姐放學之後，會陪他玩耍。除了關懷、照顧霸仔的媽媽和姐姐之外，霸仔還有一個很要好、很親密的小夥伴，就是他們家養的小貓咪。霸仔每天看着小貓咪跑跑跳

跳，模樣可愛，四肢靈活，還不時向着人「妙妙妙」地叫。小貓的一雙眼睛又大又亮，像是透明的玻璃珠子。牠看着霸仔，霸仔也看着牠，人與貓之間，似乎可以這樣心靈溝通，互相交流。有時，霸仔甚至覺得，貓咪的靈魂和自己的靈魂相遇相交，可以融為一體，他實在喜歡貓咪柔軟、健全、靈敏的身體，他甚至幻想自己的靈魂，附在了貓咪的身上，可以生龍活虎般上竄下跳，不分日夜地四出活動，看自己喜歡看的景物，做自己喜歡做的事情，自由自在地活在世界上，那該多麼美好啊！

小貓咪也好像懂得霸仔的心思，常常向着他叫，向着他跳，不斷地討他的歡心，陪伴着他，度過數不清的時光。霸仔有了小貓咪這個小小的夥伴，即使媽媽沒有空，不能帶他到街上玩，霸仔長時間地待在牀上，也不會感覺煩悶。

霸仔的小小「領地」，只是在一張牀上，活動空間非常有限，但是他的想像力，卻是無限的，而且，還可以巧妙地與外面的世界接起來。

從童年開始，他的畫作每每顯露出對生命的熱誠，對人生意義的洞悉和「童真」。其成長中所經歷的困難，透過不同畫作，反映着堅毅自強的精神、對生命、對身邊人所流露濃濃的愛，而且能明察秋毫，洞悉世間的人和事……深深地感動了不同的觀畫者，亦體現着香港永不言棄的核心價值，令人反思生命最重要的元素。同時也證明，只要保持對人的愛、對生活的愛，面對逆境挫折仍能存着堅毅意志，人生定能添上繽紛色彩。在現今發展迅速的社會上，能保持清純的「童真」，用超然眼光去洞悉生命最重要的意義，確實至為重要。

我覺得霸仔正是一個生命教育的最佳典範。在他身邊的朋友和支持者的幫助下，我利用兩年的時間，反覆訪問了李偉霸和他的母親、姐姐，以及工場的負責人和他的美藝導師，寫下了《首創不凡——用嘴作畫的李偉霸》這一給孩子們看的生命教育圖畫書，作畫者也就是李偉霸本人。

這本書從李偉霸童年的時候寫起。霸仔自小對構圖和色彩，就非常敏感，更有着獨特的創意，他在這方面的才華，很快就廣為人知了。

那還是在他上小學的時候，有一次，學校讓他參加了一個聖誕卡設計的

填色比賽。李偉霸用七彩顏色筆，塗畫出一張繽紛美麗的聖誕卡，在眾多的參賽作品中，顯示出與別不同的藝術風格，導師和評判非常讚賞，評定了李偉霸的作品為是次比賽的得獎佳作。正是這一個獎項，令李偉霸的人生有了很大的轉變。他高高興興地從評判的手中接過 200 元港幣的獎金，從此立下志願，要努力地繪畫，畫出自己有個性的、有獨特創意風格的全新作品。

在獲獎之際，李偉霸更感激為自己獻出了一切，日夜辛勞着的親愛的媽媽，因此，他把所有的獎金都給了媽媽。拿着兒子給的 200 元獎金，媽媽既感到十分開心，也覺得非常欣慰：兒子不但成長起來了，而且，還取得了意想不到的成就，作為一個母親，還有甚麼比這更可貴的回報呢！她沒有私自花去兒子的獎金，而是用來給兒子日常使用，令霸仔能跟從更好的美術導師學習，繼續發揮他的繪畫天才。

在各方面的鼓勵下，霸仔不斷努力、不斷學習，加倍用心地畫着、畫着，他一直沒有讓媽媽和師長失望，他屢次地代表學校參加各種各樣的繪畫比賽，結果屢次獲得好成績，獲頒不同的獎項和好評。就這樣，繪畫成了李偉霸的第二生命，而來自這一方面的生命力，越來越旺盛，越來越敏銳。雖然他生理上的肉體生命，不可避免地發生了種種變化，給他的成長造成了障礙重重，但李偉霸用堅強的意志，一次又一次地拚搏，一次又一次地跨越，無論如何，只要一息尚存，他也要堅持走藝術創作的道路，不會鬆懈放棄。

隨着病情的惡化，他頸部以下的身體癱瘓，雙手也僵硬了，不能活動，根本無法拿起畫筆。

怎麼辦？難道他的繪畫事業要就此終止了嗎？

大家都為李偉霸感到焦慮、難過和可惜，但是，堅強而又智慧的李偉霸，沒有因此而氣餒、退縮，他想出了一個辦法，即是用嘴巴咬住畫筆繪畫。

用這樣的方法來繪畫，難度是多麼大啊！咬住畫筆的嘴巴，不能合上，流出的口水，也不能吞嚥，要配合着畫筆活動的頭部，必須長時間地仰起，疲累不堪。

李偉霸頑強地克服難以想像的痛苦和艱辛，堅持畫下去。由於他的頭部不能向下活動，他還創造了一個方法，就是把圖畫中的景物人像都倒過來

畫，比普通的畫家繪畫，難度大大地增加，李偉霸卻以驚人的意志力，每天用嘴巴緊緊地咬住畫筆，在巨幅而長卷的畫紙上創作，一筆一筆地描繪出絢麗多彩，令人歎為觀止的畫卷來。

李偉霸是個熱愛大自然的人，以生命熱愛生命，他喜歡貓兒的靈巧敏捷，以及柔軟堅韌的生命力。他又特別鍾情貓兒一雙通透明亮的眼睛，無論是白天黑夜，目光閃閃地觀看世界上的萬事萬物，有如心明眼亮，看透世情的觀察者和哲學家。貓兒給他帶來創作的靈感，他毫不猶豫地選定了貓兒來作為自己描繪的對象，甚至是畫中的主角。

於是，他用心地創作了一系列貓兒的漫畫，更奇特的是，他能針對時事、世情，畫出了一幅幅貓人結合的畫作，妙趣橫生，又蘊含諷刺意味。其中有一幅作品，堪稱是貓世界的《清明上河圖》。畫中有車水馬龍的繁華都市情狀，形態不同、行動各異的貓兒分佈畫面，牠們分別代表香港不同身份的人物和市民大眾，做出與時下社會現實有關的行為，令人看了，發出會心微笑。李偉霸作為畫家的幽默、睿智充分顯露，才華洋溢。

貓兒的靈動和美態，不但激發了李偉霸的藝術創意，還給他帶來了更大的想像空間。貓兒的活動是自由的，而貓兒的靈魂也是自由的。李偉霸幻想着自己有貓兒般的身體，附上了貓兒的靈魂，對世事萬物也有了貓兒般的感覺，從旁觀看，看得透徹，對於生活有了更大的熱情和樂趣。

李偉霸創作了這樣的一幅畫：喜歡吃魚的小貓扭開了水龍頭，從水龍頭流出來的不是水，而是一條一條生蹦活跳的鮮魚，既十分生動，又相當風趣！

漸漸地，李偉霸形成了自己獨特的繪畫風格，成為一位知名度頗高的「貓畫家」。大大小小的商場，也請他設計和繪畫聖誕卡、情人節卡、禮品卡和利是封等等，李偉霸的作品越來越多姿多彩，繽紛奪目。

迄今已在人世間生活了四十多個春秋寒暑的李偉霸，生命之途充滿着驚濤駭浪，每一天都有許許多多的難關，要靠毅力和堅忍去勇闖。他的肌肉萎縮症，病情越來越嚴重，頭部以下的身體，都不能自由活動，除了要坐輪椅代步之外，生活基本不能自理。他長年在庇護工場宿舍寄宿，每當如廁或洗

澡，都要借用吊機輔助和依靠其他的人幫忙。

縱然是這樣，李偉霸對生活和生命的熱愛，還是沒有減少半分。他每天堅持用嘴巴咬住畫筆繪畫，又用下巴頂着一個小球，控制座枱的滑鼠，自行操作電腦，上網閱讀，看電視劇。

他喜歡品嚐美食。假日的時候，會預約復康巴士，和同事到外面的酒樓，餐廳去，吃海鮮、牛排、豬肉、蔬菜等等美味佳餚；他喜歡觀光旅遊，放假的時候，會和媽媽、姐姐、姐夫一起，到迪士尼樂園、長洲離島或是澳門去度假遊玩；他喜歡看電影、逛書展，總之一有機會的時候，他就會請工場的管理人員幫助安排活動。因此，他的生活都是充實而愉快的。

儘管常常受到病痛的折磨，危險、威脅也對他的生命虎視眈眈，但他從來也沒有想過要死。他認為生命是可貴的，生活是多彩的，他寄語那些因為失敗和失意而動念輕生的人，對世上的事物，看法不要太過負面，即使受到挫折，也不要太過灰心。很多事情，只要你立志去做，就一定會做得到的，他自身的經驗就是如此。生命中的每一天都是精彩的，應該好好的珍惜，好好的享用。

我和李偉霸合著了一本書，希望讓我們的下一代人，以至於下一代的下一代人也認識到，每個人的生命，都是獨一無二的，都有其尊嚴與價值，要通過生命本身，去經驗更多不同的美好與完全；而且，每一個人都應該懂得：自己的生命是有價值的，就能學會尊重自己與其他的人事物，並以正面積極的態度回應其所面對的環境；未來在面對生命的重大決定時，也才有能力作正確的選擇，並為自己及他人負責，甚至造福於眾人及社會。

香港文學的女性書寫

香港作家黃碧雲，畢業於香港中文大學新聞系，為香港大學社會學系犯罪學碩士，曾任記者、議員助理等。屢獲港台兩地各大文學獎，具有鮮明的個人創作風格，她的小說作品，實驗性很強，大多數均是着力於描寫人性陰暗面，令讀者觸目驚心。雖然作家身為女性，但其作品卻打破女性的視野，側重於當今社會人性暴烈的一面。

黃碧雲以往的著作有《她是女子，我也是女子》、《無愛紀》、《沉默．暗啞．微小》等。其最近獲得香港「紅樓夢獎：世界華文長篇小說獎」的作品《烈佬傳》，在「自序」中作者寫道：「小說叫《烈佬傳》，對應我的《烈女圖》。小說也可以叫《黑暗的孩子》，如果有一個全知並且慈祥的微物之神，他所見的這一羣人，都是黑暗中的孩子。小說當初叫《此處彼處那處》，以空間寫時間與命運，對我來說，是哲學命題：在一定的歷史條件裏面，人的本性就是命運。時間令我們看得更清楚。」

這部小說採用回憶結構，開筆寫主角周未難出獄，大哨叮囑他：你60歲了，要考慮你想怎樣。周未難邊走邊想起過去⋯⋯全書共分為三章：此處、那處、彼處。頭兩章寫的就是他這60年來在監獄進進出出的生活。讓讀者看到，所謂烈佬，是一羣行了宿命的路，並且一直行，沒有回頭的人。周未難是他們的代表，坐一世監，出獄時六十好幾。食白粉，賣白粉，以此為生，被「差人」（員警）抓，入冊（獄），在不同時間不同地點入不同監獄。他說，他認為，他只是在行一條路，後來他曾想：「大佬要行一條絕路，是不是行了這條路，他才是自由的人？」晚年時又說：「一個人與另一個人，可以有幾大分別。我們不過以為自己，與其他人不同。」

作者在這部小說採用的寫作方法，與其過去的作品大不相同，由頭至尾，都是以主角的口述形式展開，語言文字看來非常粗糙，卻別具一種真實新鮮感，似乎要把吸毒者、賭徒、黑社會犯罪分子還原為一些普通人，他們的生命細節，也寫得平淡實在。對比起作者以前強寫中國「文化大革命」和南

美國家武裝革命那種缺乏切身體驗，因而顯得生硬失真的某些作品，這部小說充滿了香港社會的本土特色，展現出作者擅長描繪的陰暗世界多面體，從而可讓讀者通過其中描述的人物故事，了解到香港歷史的另類變遷。

黃碧雲的另一本小說新作《微喜重行》，也在香港出版，並且備受矚目。

這本小說的主要內容，是寫一個兄妹亂倫的故事，隱晦交代，重點放在亂倫對兄妹二人一生的影響。因背負此一罪名，兩人一生皆失去人生目標，苟且偷生，胡混乖張，以至痛苦跟隨一生。

這是一個悲劇故事，父母的婚姻問題，造成了家庭成員之間關係的冷漠，下一代的成長缺失關愛和正常的情感生活，造成了悲劇的產生。同時，社會法度不容亂倫，因為亂倫導致生育畸胎，這在上古時代人類就從現實生活中察覺了，後來的社會規範，都是從這一點出發的。但如此一來，也會產生很多問題。亂倫為社會所不容，而實際上在居住環境窘迫的地方，每個人獨立的生活空間有限，往往也造成這類人間悲劇。小說寫的還別有寓意，關乎心理學上的觀點，指現實生活中的每個人，潛意識中其實都有某種成分的亂倫傾向。

《微喜重行》也是黃碧雲對個人情感和過去作品的「重寫」，呼應 1991 年第一部描寫兄妹情的作品《其後》。受哥哥一通以為她死了的電話啟發，貫注對家人的回憶，《其後》以啟示式的心態寫家人死亡，《微喜重行》則是寫給哥哥的一封遺書，也是對他的人生的總結和反思，其中更包含了作者自身經歷的回顧與憶念。由書中的內容可見，作者是敢於向自己的思想感情「動刀」剖析的作家，寫來真實深刻，有血有肉。而在文字的創作風格上，作者一貫的實驗性極強，大段大段的描寫和人物對話，多用逗號，少用句號。語言方面，秉承了上一部作品《烈佬傳》的風格，接近口語化，夾雜了許多地方方言俗語，也成為創作的一大特色。

值得注意的是，在這一本新的長篇小說的創作中，作者對於亂倫這一個社會題材，大膽探討，認真誠懇，以個人的生活經驗，揭示問題的實質，文學意象豐富，發人深思。

花世代

星期天早晨的
陽光
比黃金更加
金貴
灑在花兒佩戴的
露珠上
閃閃發亮
活像鑽石鑲金
倍增光輝
多麼璀璨
多麼耀眼

年輕的父母
趕快抱起初生的嬰兒
走入花叢拍照
快抓住這一刻啊
孩子的人生旅程
就從花時開始

披上學士袍的畢業生
急步走近花間
讓友人按下快門
把笑臉和花姿
一齊攝入鏡頭裏
花樣年華的人
理所當然
要與花同行
只願前途如花似錦

愛美的新娘子
還嫌手上的花球
份量不夠
飛撲到花圃去
要同盛開的花兒
爭豔鬥麗
自古人生已離不開
花的親吻 擁抱
熱情的詩人傾情於
花間一壺酒

我獨愛花香勝過酒
一日三頓聞不夠
冷不防嗆鼻的異味襲來
混濁了花香
嚇跑了四方的
賞花人

搜尋
搜尋異味的源頭
我發現一個年輕人
身上的衣衫襤褸
手提幾個破爛的膠袋
發出一陣陣惡臭
可他偏偏要向花深處鑽
也不理旁人奇怪的目光

是美麗的錯誤
還是美麗的墮落
是美麗的失敗
還是美麗的頹廢
美麗的花啊
並不僅僅是人生的裝飾
在人生最低潮的時刻
也離不開花的藉慰
看見了吧
美麗的落敗
還是要用美麗來營救
美麗的失誤
終究還是要
以美麗來修改

紫玉蘭

春天在這裏的
呼吸
是紫紅色的
就停留在
這一棵紫玉蘭的
枝頭上
一呼
一吸
就那樣
吐蕊
吐蕊
吐出了
紫紅色花朵的新蕊
令來來往往的遊人
迷醉

可知道這公園的前身
是大海的一隅
寂寂無聞
缺乏色彩
直至改建的藍圖
劃過這一方海域

機車隆隆
開進了沿岸的地區
成百上千噸沙石
日以繼夜
向海中傾倒
小小的公園
奇跡般浮現
勝過戈壁灘上的
海市蜃樓
來了 來了
綠油油的
東方草皮
來了 來了
紅豔豔的
西方花卉
來了 來了
生機勃勃的
北方樹苗
來了 來了
好一片接連海天的
人工綠洲

紫玉蘭離開它
原來深居的
北國庭院
遠渡重洋
移植到這個
海上公園
與百花齊放
共用繁榮

不料
反對者提出了反對：
反對把紫玉蘭列入
地方誌和
本地的花草圖譜
指它是外來的異物
不能算是花
甚至於還不如
本地的一棵草
既沒有甚麼
本土特色
也不可能完全
扎根本土

反對反對者的聲音
相繼響了
要為紫玉蘭主持
一番公道：
同一天空下
有同一樣的陽光照耀
不論是西移的
還是南來的花木
也有自身的美態
自身的價值
它既移來本地立足
就須給予一席領地⋯⋯

紛爭的聲音
無誤紫玉蘭的花期
春天的呼吸
還是一樣的均勻
紫紅的花朵照樣
吐出新鮮的花蕊
照樣迷倒
川流不息的賞花人

看吧 看吧
曾經親眼見證過
茫茫的滄海
一夜之間變桑田
曾經親眼見證過
古老的神話
剎那之間成現實
還有甚麼再值得
歎息
還有甚麼再值得
遺憾

只要有
園丁的辛勤
泥土的豐厚
雨水的充足
陽光的公平關照
沒有文化的
荒涼沙漠
也可以開拓成為
春色滿園的
藝術百花洲

遇見女神

涉過
浩瀚的沙漠
穿越
古老的
駝鈴
在敦煌的
莫高窟裏
我遇見
東方的維納斯

沒有遮隔
沒有距離
驚豔
千年難得一見的
絕色
禁不住
砰然心跳：
是夢？
是真？
莫非到了天上？
是否尚在人間？
但見她含笑低首
集東方之美於一身

有如神與人合體
飄逸無瑕
她沒有袒胸露腹
作態性感
卻美得這樣
自然
自在
她沒有拋送媚眼
賣弄風情
卻美得這樣
含蓄
雋永
看她超凡脫俗
卻又平易近人
氣定神閒
親切地站在
你 我面前；
說她脫胎自凡間
卻又不帶一絲俗氣
半點風塵
看她默默無語
我卻似聽她喚起梵音
響遍蒼穹

看她温柔若水
卻敢笑對關外
如刀的罡風
飛針似的鳴沙

任由千年歲月的激浪
滾滾流過大漠
卻絲毫無損她
比月亮更明麗的容顏
任由宗教戰爭的烈火
熊熊燒遍四野
卻摧毀不了她
蓮花樣皎潔的佛心
她不移
也不休
日日夜夜堅守着
心中的信念
以萬古不變的
美善
慈悲

化解仇恨
撫平傷痛
普渡世間
苦難的眾生
啊！此時此刻
我已心如止水
面對着她
我看到了
人的修為
神的化身
美的典範
善的楷模
無遮隔
零距離
千年一遇的
東方美神
就這樣走進了
我的眼眸
從此長駐在
我的心靈

頃 刻 之 間

——為 2008.5.12 四川大地震而作

頃刻之間
地震
天塌
山崩
江翻
湖瀉

頃刻之間
死亡和生還
沒有距離
頃刻之間
天堂和地獄
沒有距離
頃刻之間
毀滅和救贖
沒有距離

頃刻之間
生命和生命
沒有距離
人心和人心
沒有距離

我和你和他和她和牠
沒有距離

頃刻之間
你的母親
和她的孩子
我的父兄和他的姐妹
沒有距離
受驚相擁的大熊貓和
日夜舔臉救人的小狗兒
災難臨頭的
生靈和生靈之間啊
頃刻之間
沒有距離

地震了
天塌了
山崩了
江翻了
湖瀉了
就在這
頃刻之間

普天下的眼睛
都看到了
總理和百姓
沒有距離
主席和人民
沒有距離
地區和地區
沒有距離
國家與國家
沒有距離
種族和種族
沒有距離

看到了吧？
看到了吧？
活生生的
搶險英雄
和傳說中的
神仙聖人
從女媧到精衛
從愚公到大禹
頃刻之間
沒有距離

看到了！
全看到了！
神州版圖的
受損和更新
炎黃子孫的
受難和雄起
就從這一刻開始
再也沒有距離
沒有距離

寫於「嶺南之風」公園前

我 拒 絕 了 金 庸

　　金庸提議把精彩絕倫的金庸小說改編成兒童文學版本，但我認為讓青少年兒童讀者直接閱讀金庸小說原著才是最好，所以我拒絕了金庸先生的建議。

　　上個世紀 90 年代末期的一天，我接到了金庸先生名下的出版社一位編輯的電話，邀約我到他們那裏「商談一件很重要的事情」。

　　這多多少少令我感到意外，因為在此之前，我從來未有和這間出版社發生過任何「瓜葛」。至於和它的老闆金庸先生，就有些「關係複雜」，淵源較深，甚至要追溯到上一代：我的家翁羅孚先生，原來與他在同一個報館供職，有過緊密合作的一段日子，也曾着力催生過他一系列炙手可熱的武俠小說。我家的小輩們，自幼都尊稱他為「查伯伯」。平常日子，有事無事，查伯伯抽空和我們吃吃飯，聊聊天也是有的，有一兩次還會請上他的另一位報館舊同事，也是武俠小說名作家梁羽生——即我們所叫的陳文統伯伯。難忘的是一次他們回憶起初進報館工作的日子，説是當時的環境很差，報館地方狹窄，只為他們提供留宿的牀位，查伯伯只有一套西裝掛在牀頭，隨身的行李就塞在牀底下。陳伯伯為人不修邊幅，處事更妙，腳上的襪子要穿到脱下來「可以自行站立」之時才換洗……哎呀呀，真把我們聽得爆笑要噴飯了！

　　好吧，還是閒話少説，言歸正傳。由於「近水樓台先得月」，我能不時獲得這兩位武俠小說名作家的作品，包括陳伯伯拍成過電影的《白髮魔女傳》、《七劍下天山》等等，以及查伯伯的十多部作品，真是特別感恩、幸福！

　　另外，還有一個微妙的機緣巧合，就是我工作的電視台，購買了查伯伯的著作版權。作為編劇的我，就要參與把這些文學原著改編為電視連續劇的劇本。那是一個武俠風行的年代，就連唐代的浪漫詩人李白也要被武裝起來，成為電視連續劇《劍仙李白》的主角，那真是史無前例的「創作」。我和一班編劇大放想像力飛劍，硬是首先把李白的老爸打造成被朝廷追緝的亡命大俠，接着他的兒子無可奈何地成為天生武俠，飲酒作詩只是副業而已。如此

荒唐的劇情，居然在當紅藝人的演出下大受歡迎，領導鼓勵我們大膽創作，還大言不慚地說 200 年後必成正史。就是在這樣的時勢下，查伯伯的作品如日中天，大行其道。

一、電視台將金庸原著庸俗化

只不過，那時候，在電視台做編劇的工作，是有許多不如意的。由於那是團隊式的合作，曾經一度流行一個先當電視編劇，後來成為紅遍港台的流行小說女作家說過的一句「名言」：「電視連續劇的編劇，是要被監製和導演『輪姦』的。」這豈是一般人所能受得了的呢？

我本來也不大信這個「邪」，但一做之下，也漸有同感了。

把金庸武俠小說改編為電視連續劇，初接任務時以為很好做，因為有那麼好的文本，人物鮮明，故事精彩，基本上按照原著的章節脈絡稍為改編成電視劇就可以了。但實際上做起來並不是這樣。電視台的主事者因為要遷就文化水平不高的家庭觀眾，要求將連續劇拍得通俗化、簡單化而達到流行化的效果。我們這樣的編劇，就首先要「拆解」原著，再進行通俗化，實在是庸俗化的改頭換面的苦差。那真是於心何忍啊！但那時身在江湖無法自主，只能眼白白地看着文采飛揚的金庸武俠小說生生地慘被肢解、被糟蹋、被「消費」了，我覺得很對不起查伯伯，總是有種叛離了他老人家創作原意的遺憾感⋯⋯

按照那出版社編輯的約定，我懷着忐忑不安的心情到了位於香港北角的出版社本部。負責人十分客氣地出來接待，對我說出那「一件很重要的事情」，原來是金庸先生想讓我把他的武俠小說改寫成兒童文學版本，令廣大的青少年兒童都可以閱讀和理解。

這真是非常非常的意外，我萬萬沒想到查伯伯會提出這樣一個非比尋常的艱巨任務，一時之間，百感交集，不知道如何表達是好。於是，我說要回去好好考慮，再作具體的答覆。

離開了出版社，在回程的路上，我的腦海中有如翻江倒海，千潮百湧。

電視劇把金庸小說庸俗化，改頭換面。那真是於心何忍啊？

二、需要把金庸小說改寫成兒童版本嗎？

把精彩絕倫的金庸小說改編成兒童文學版本，讓千千萬萬的少年兒童從小就讀金庸、識金庸，既可以令他們享受武俠文學的閱讀樂趣，又可以豐富他們的想像力，這無疑是一個很美好的設想，而且是破天荒的一個創舉，從來也沒有任何人敢於作這樣的嘗試。而現在卻由作者本人，尊貴的金庸大師，我所景仰的查伯伯鄭重其事地向我提出來了，怎不叫我感到興奮和激動？如果真的能得以成功的話，那可是造福我們的下一代，更惠及下、下、下一代的大好事、大美事，該會是功德無量的吧。

想着這些，我的頭腦前所未有地發起熱來，連續幾天，寢食難安。

我拿出有查伯伯親筆簽名的金庸武俠小說，一本又一本地翻看，心內熾熱如火，熊熊燃燒。回想起自己最初讀到這些作品的時候，雖然已經過了青少年時期，但還算是屬於青年一個。那種新奇、過癮、刺激的感覺，貫穿在整個閱讀過程中，就像是青春勃發的奇特經歷。

我驟然想起了，在我見過或者聽說過的不少中、小學生，都前前後後加入了金庸小說迷的行列，他們只要一捧起那些厚厚的書本，就埋頭埋腦地看着，再也不願意放下。

那麼，把金庸的武俠小說改寫成兒童文學版本，真的有必要這樣做嗎？

我被突如其來的疑問嚇得心驚膽跳，徹夜失眠了。

也知道為甚麼，腦海中又浮現出在電視台把金庸武俠小說「拆解」得支離破碎，胡亂組合成通俗情節的回憶……

那對我來說，無異於惡夢一場啊！難道又要再陷入那樣的日子中去嗎？不不不！我是一萬個不願意的！無論如何，不能再令文采飛揚的金庸武俠小說被肢解、被糟蹋、被「消費」了。我反反覆覆地思前想後，總覺得青少年兒童或遲或早都可以讀金庸小說的原著，只要他們有興趣，並且有一定的文字理解能力，就應該讓他們「原汁原味」地吸取當中的精華，完全沒有必要另外再改寫一套兒童文學版本。

就這樣，我認為自己已經找到問題的正確答案了，心神也自始安定下來，竟然有了一種心安理得的舒服感覺。

於是，我提起筆來，給查伯伯寫了一封信作答，陳述了自己的想法，說明我不能執行把金庸小說改編成兒童文學版本的計劃，因為實在是沒有這樣的必要性，讓青少年兒童讀者直接閱讀金庸小說原著，是最適當的。

　　結果，查伯伯覺得我講的有道理，也接受了。把金庸小說改寫為兒童文學版本的計劃，就此打住。

　　自然而然，有不少朋友感到可惜，甚至有人說我錯過了揚名立萬的機會。

　　但對於這件事情，我至今也不覺得後悔。只記得事情過去以後，我又一次出席了查伯伯的飯局。其間，他老人家很親切地問我：「蜜蜜啊，你寫了那麼多的科幻童話故事，你的那些科學知識和幻想，都是怎麼來的呢？」

　　我答道：「那都是從書上，互聯網上看到的資料積累，再加上聯想而得來的。」

　　查伯伯說：「嗯，知識和想像力都很重要。」

　　我說：「是的。就像您的武俠小說，有歷史、有地理、有情有趣，更有無限的想像力，除了成年人之外，青少年甚至小孩子都愛看！」

　　查伯伯聽了，無聲地笑了。

白玉苦瓜 —— 記余光中先生

最早認識詩人余光中，是由他的作品《白玉苦瓜》而起。

「......

一隻瓜從從容容在成熟

一隻苦瓜，不再是澀苦

日磨月磋琢出深孕的清瑩

看莖鬚繚繞，葉掌撫抱

哪一年的豐收像一口要吸盡

古中國餵了又餵的乳漿

完美的圓膩啊酣然而飽

那觸覺、不斷向外膨脹

充滿每一粒酪白的葡萄

直到瓜尖，仍翹着當日的新鮮

茫茫九州只縮成一張輿圖

小時候不知道將它疊起

一任推開那無窮無盡

碩大是記憶母親，她的胸脯

你便向那片肥沃匍匐？

用蒂用根索她的恩液

苦心的悲慈苦苦哺出

不幸呢還是大幸這嬰孩

鍾整個內地的愛在一隻苦瓜

皮靴踩過，馬蹄踩過

重噸戰車的履帶踩過

一絲傷痕也不曾留下

只留下隔玻璃這奇跡難信

猶帶着后土依依的祝福

在時光以外奇異的光中

熟着，一個自足的宇宙

飽滿而不虞腐爛，一隻仙果

不產在仙山，產在人間

久朽了，你的前身，唉，久朽

為你換胎的那手，那巧腕

千睇萬睞將你引渡

笑對靈魂在白玉裏流轉

一首歌，詠生命曾經是瓜而苦

被永恆引渡，成果而甘」

　　從這一首詩裏面，可以讀出詩人對中國的情感，苦中帶甘，寓意奇妙，令人讀來別有一番滋味在心頭。因此也對詩人產生了興趣，開始尋讀他的其他作品。

　　80年代初，我從電視台的編劇工作，轉到報館去編副刊。那天剛走入編輯部，同事就拿了當天的報紙對我說：

　　「看到這段花邊新聞了嗎？是和你有關係的，你應該好好看看。」

　　甚麼？是和我有關係的？

　　帶着疑問，馬上細閱報紙。

　　這是一則關於在美國召開的國際筆會的特別報導。

　　余光中先生作為台灣地區的作家代表出席，而我的母親黃慶雲當時身為國際筆會中國分會祕書長，也出席了。

　　報導指在會議期間，我母親作了《中國兒童文學的概況》的專題發言之後，余光中先生特意在會場等待着與我母親等中國大陸作家代表見面，並聲稱為兩岸作家的歷史性會面。

這真是一篇很有意思的報導，當然是和中國內地經歷「文革」之後重新開放的特殊歷史情況有關。

從那一時候起，兩岸作家交流的渠道打通了，感覺余光中先生離我們也近了，我不斷地閱讀着他新發表的詩篇和散文作品。

果然，幾年之後，我在香港作家聯會舉辦的講座和晚宴中，見到了余光中先生。他的個子不高，一頭華髮，反襯出一雙眼睛炯炯有神。白玉苦瓜玲瓏剔透，飽含歷史印記的形象，似乎和他的外表特別相宜。記得那天晚上，余先生的談興很高，還即席朗誦了自己的詩作《紅燭》，讚頌相親相愛的夫妻之情。聽着，聽着，我不期然想起了苦戀多年以後，才能結為夫妻的英國和華裔學者李約瑟和魯桂珍教授（他們是我父輩的好朋友，到香港旅遊時由我陪同）。我覺得余先生的詩歌，寫出了恆久之愛的美好情懷。於是就以此作為題材，寫下一些感想，在文藝期刊上發表。

過了一段時間，我的母親退休回到香港生活。適逢香港文學節開幕，我們在開幕禮上和余光中先生不期而遇。彼此都聊得很開心，攝影師為我們拍照留念。自然而然的，我們也互相贈送自己的作品。

數天之後，我接到了余先生的來信。他說這幾個晚上，我送給他的小說集，成了他「燈下的良伴」。信上的鋼筆字體工整端莊，帶給我深深的感動：一位赫赫有名的大詩人、大作家，竟然會把我這麼一個初入文壇的新手新作，認真地看待閱讀，真是大大的出乎意料之外！

又一個香港文學節到來，余光中先生被邀為特別嘉賓。時任香港話劇團藝術總監的楊世彭博士，專門設家宴歡迎余先生。被邀的還有作家鍾玲教授、詩人戴天先生等，本人也有幸叨陪末座。作為主賓的余先生遠道而來，送給在座的每一位文化界好友一份親自設計的精美禮物，就是印有他詩句的玻璃杯子：「這世界待你向前推動 像杯子旋轉在你掌中」。既幽默風趣，又積極奮進，詩人的詩心，剔透玲瓏如晶瑩的琉璃作品。這一份別出心裁的禮物，我一直珍藏至今。

2012 年，全國中學生作文大賽，香港被選為頒獎典禮的場地。主辦方特別邀請余光中先生為評審顧問和頒獎嘉賓。由於這個活動是香港藝術發展局

資助的計劃，我被委派作評估員。那天晚上，香港中文大學在新建的酒店餐廳宴請余先生和夫人，還有兩岸的作家代表，我也有幸出席了。只見余先生偕同夫人翩然而至，白髮皤皤的頗有仙風。雖然沒有喝酒，卻是談笑風生，令席上賓主都深感快慰。

翌日上午，頒獎典禮在荃灣大會堂隆重舉行，來自全國各地的師生代表齊聚一堂，氣氛非常熱鬧。余光中先生在響亮掌聲中登台致詞。他說眼前的情景，讓他想起了一首歌的歌詞，感歎青春的小鳥飛去就不回來了。但是，他一眼看見台下坐着這麼多年青的師生，實在是覺得自己的青春小鳥正飛回來了……

沒想到年高老邁的大詩人、大作家如此親切又活潑，師生觀眾們發出一陣陣的歡笑聲和鼓掌聲，我也禁不住心潮激盪：也許，余先生的青春小鳥，一直潛伏於他的身心內，文思中，長久以來也不曾離開過……

當余先生仙逝的消息傳來，我實在遏止不下心中的思疑，取出了那個印有他詩句的琉璃杯子，再次默念着熟悉的詩句：

> 一隻仙果
>
> 不產在仙山，產在人間
>
> 久朽了，你的前身，唉，久朽
>
> 為你換胎的那手，那巧腕
>
> 千睞萬睞將你引渡
>
> 笑對靈魂在白玉裏流轉
>
> 一首歌，詠生命曾經是瓜而苦
>
> 被永恆引渡，成果而甘

汪曾祺百年

那是 1988 年的春天。我在英國參加完一個短期的電影製作培訓課程回來。由於外子在香港貿易發展局工作，被派往北京辦事處出任首席代表，我和一對小兒女也隨之而往。局方安排我們住在亮馬河畔單棟的日式小樓房，待一切安頓下來以後，我就聯繫上作家朋友孔捷生，請他約同幾位在京城內的作家朋友聚會，一起喝喝茶，聊聊天。

「你最想見誰？」

捷生問。

「你認識汪曾祺嗎？我讀了他的小說《受戒》，那種不溫不火，清新雋智的筆法，很有其師沈從文之風，我實在是非常喜歡。」

我說。

「哦，我認識他，還常常會見面的。」

捷生說。

「太好了！請你約他老人家來吧。」

我有點是迫不及待了。

捷生欣然應允，馬上約請汪老，還有張潔、李陀等大作家到一個飯館聚會。

漂亮優雅的女作家張潔和英俊挺拔的李陀大師先後來到，二人即時妙語連珠，火花不斷，現場的氣氛立刻變得熱鬧起來。

而我牽掛的是他——汪曾祺汪老先生。論資排輩，汪老的輩份是最高的，又是我的偶像級作家，不由得正襟危坐地恭候着。

不一會兒，大門外走過一個推着自行車的男子身影，捷生叫道：

「汪曾祺來了！」

甚麼？汪老？他竟然是騎自行車來的？這位和我母親同齡的前輩作家……

我一怔，汪老已經健步走進來了，出現在我們中間。只見他一頭花白的頭髮下，一雙眼睛炯炯有神。

捷生在一旁作介紹，我當下覺得很開心：這個汪老，完全沒有甚麼老態，看起來充滿活力，簡直是比我們還要年輕！

汪老落座後，大家興致勃勃地聊了起來。汪老一點兒架子也沒有，令人感到親切溫和。我說在八個所謂的革命樣版戲中，編得最好的一個是《沙家浜》，尤其是劇中阿慶嫂的那個唱段：「壘起七星灶，銅壺煮三江。擺開八仙桌，招待十六方。來的都是客，全憑嘴一張。相逢開口笑，過後不思量。人一走，茶就涼……」真是妙極了！

汪老笑笑說，這詞別人聽起來輕鬆，當年編寫的時候，可是要過江青那最大最險的難關。他告訴我們，那時江青親自到劇場審查劇本，就坐在他旁邊，只感到冷風颼颼地颼過來，江青板起臉孔，一句台詞一句台詞地審，「比考殿試還可怕！」

汪老繪聲繪色地說着，引發一陣陣笑聲。本來那是他人生一段相當凶險的經歷，他卻以「輕舟已過萬重山」的心態，談笑風生地憶述，足見汪老的機智聰慧與幽默。

我們邊吃邊聊，十分愉快。

不知不覺，到了散場的時候，汪老再騎上自行車，瀟灑地絕塵而去。

「他好厲害呀！這個年紀還騎着自行車獨來獨往的！」

我忍不住對捷生說。

「他就是這樣，常常單人獨騎滿北京的跑，來去自如，很有勁頭！」

捷生說。

我點頭默念：汪老根本就不會老，他的寫作生涯必定是很寬闊悠長的。

從北京回到香港數月後，接到詩人舒非的邀約：她在三聯出版社為汪曾祺編輯出版作品集，特別請他老人家來到了香港。為表示歡迎汪老，舒非特別邀請幾位相熟的文友，和他一起飲茶聚會。

茶聚的地點，是距離三聯書店很近的中環一間大酒樓。時值中午，繁華的中環人來車往，酒樓裏也是一片喧嘩。我提早了一些到達，也看見有一兩

位文友已經在座，彼此都是一樣的心情，只想着能快一點見到可敬又有趣的汪老。

過了一會兒，舒非陪同汪老施然而至。

大家都站起來，向汪老表示敬意。

汪老卻謙和地笑笑，用手勢示意請眾人坐下來。我看見他的雙目依然炯炯有神，毫無倦怠之意。他的淡定怡然，似乎把中環的喧鬧、香港人的庸碌都鎮住了。

話匣子很快就打開了，從香港酒樓的點心、菜式、香港人的生活面貌，到京港兩地的文壇狀況、散文、小說的寫作⋯⋯汪老和我們就像相識多年的好朋友，無拘無束，無所不談。

時間很快地過去，一頓茶餐已經結束，可是大家和汪老依然有聊不完的話題，都捨不得離開。但千里送君，終須一別，我們都希望汪老以後有機會多來香港，和我們多聚、多談，我們都盼望着汪老有更多的作品在香港出版，這裏實在也有他的很多讀者啊！

萬萬想不到，這竟然是最後一次和汪老見面。飛逝的時光，匆匆地把人帶到了 1997 年。汪老大去的噩耗突然傳來，令人難以置信：一個充滿活力和魅力的作家，完全沒有任何衰老病態，怎麼會猝然離世的呢？他的笑容、他的眼神、他的聲音，不時地湧現出來，無論如何也忘不了⋯⋯

幸而，汪老的作品可以永遠留下來，任何時候閱讀，也不會覺得過時，哪怕是一個小小的故事、小小的人物，他都寫得活靈活現，觸動人心，展現出獨特的文學風格和感染力，歷久彌新。

如今，我的案頭長期放置着汪老的作品全集，不時也會翻閱細讀。

今年是汪老誕生一百週年，聽聞內地為他建立了紀念館，我也感到十分安慰。汪老和他的作品一樣，永遠也不老，永遠也值得好好的珍惜與懷念。

嶺南兒歌與兒童文學

　　將兒歌與兒童文學結合起來，作為創作的路向，其實早在上一個世紀，黃慶雲已經不斷地在嘗試進行。本文綜論嶺南地區的粵語兒歌，並列出多首黃慶雲的作品，有哪一首還在您的腦海？

　　以粵語為母語的地區，歷史上都有本土的特色文化，自然也包括了琅琅上口的兒歌。回憶在童年時代的夜晚，在皎潔的月光下，孩子們三五成羣地聚集起來，稚聲稚氣地齊齊唱誦着：

> 金魚銀魚過大海，
> 金花開，銀花開，
> 一千朵，一萬朵，
> 一二三四有得攞！
> 番鬼佬，叫 come shore，
> 估得中，你做大哥，
> 我做細佬。
> 齊齊棟起菊花手，
> 問你要茶定要酒？

　　於是，笑聲四起，孩子們又唱、又跳、又玩、又笑，歡樂的氣氛不斷蔓延開去……

　　數年前，著名的兒童文學作家，也是中國現今最重要的兒童詩詩人金波先生發出邀約，擬選編出版一部包括全國各省市自治區的兒歌作品集，其中也包括台灣、香港、澳門卷。這可是一個龐大的計劃呢，他特別向我母親黃慶雲與我徵稿，盛意拳拳。

　　將兒歌與兒童文學結合起來，作為創作的路向，其實早在上一個世紀，我的母親黃慶雲，已經不斷地在嘗試進行。嶺南地區的粵語兒歌，用九個音

節的本地方言為基調，令孩子們誦讀起來倍感親切而生動，通過兒童文學的再創作，提煉、升華，可臻詩般的嶄新意境。記得上世紀 60 年代初，母親曾出版過兒歌集《花兒朵朵開》，引起兒童文學界的廣泛關注，其中有這幾首：

送秧苗

搖小槳，划小舟，
我送秧苗到田頭，
一船秧苗千畝綠，
一首新歌順水流。
順水流，順水流，
白雲跟我河裏走，
魚兒擺尾天上游。

送香蕉

清清水，圓圓渦，
小小船兒水上過。
小小姑娘開口唱，
一下槳聲一句歌。
小槳打起浪花花，
歌聲唱出甜甜果。
静静的流水偷看我，
快樂的微風吹送我：
哎唷，哎唷，
肥大的香蕉，
坐着船兒出大河。

搖搖搖

搖，搖，搖，

搖到外婆橋，

下了船來上飛機，

美麗天空飛呀飛，

坐過飛機坐火箭，

一飛飛到天外天。

外婆，外婆，

睜開眼睛，

請你看我，

變成一隻鷹，

還是一粒星？

孩子有凌雲志，

外婆閉眼不敢看啦，

孩子說：「外婆，外婆，

睜開眼睛看看我吧，

我飛到老遠老遠，

變成鷹呢還是變成星星？」

小東東

小東東，

慢慢撐船入我涌，

涌邊有棵丹桂樹，

丹桂花開朵朵紅。

你給阿姨摘一朵，

我給老師摘一叢，

老師微笑說不要，

你們就是花兒紅，

看了心裏樂融融。

　　那時候，國內和香港的兒童文學界之間，並沒有甚麼創作交流，身為香港電台兒童節目主持人、兒童文學作家和教育家的劉惠瓊姐姐看到了，很感興趣，專門在她主編的兒童雜誌《兒童報》的封面上，連續刊登介紹黃慶雲的兒歌。

一、翻譯成英文、日文、西班牙文

　　著名的兒童文學作家何紫，自童年時代起，就是黃慶雲在香港主編的第一本兒童文學雜誌《新兒童》的忠實讀者，也為此發表了專文評論，他寫道：

　　黃慶雲的兒歌有幾個特點：一是柔，水柔柔的，意柔柔的，一唸就知道是嶺南出品，彷彿只有珠江三角洲河道縱橫才會孕育出這樣的作品來；二是樸，俏麗的也藏在鄉土氣息下。（注：何紫〈黃慶雲的兒歌〉，見《香江兒夢話百年──香港兒童文學探源（20 至 50 年代）》，明報出版社，1996 年）

　　由於在海外反應熱烈，《花兒朵朵開》這一本兒歌集，後來由外文出版社翻譯出版了英文版、日文版和西班牙文版，為全書配圖的，是由《新兒童》小讀者成長為大畫家的林琬璀女士，她的兒童畫生動可愛，充滿童真童趣，大受好評。

　　上世紀 80 年代初，母親黃慶雲創作了另一本兒歌集《月光光》，也是嶺南兒童風味的。由著名的水墨畫家梁培龍畫圖，甚有本土特色：

月光光

月光光，月當頭，

八月十五是中秋，

帶盞花燈街上遊，

我的花貓雄赳赳，

你的白鼠賽雪球。

我和你，手拉手，
貓和老鼠，也成了好朋友。

木棉花

木棉花，大大朵，
落下地，似團火，
我撿一大串，
你撿一小籮，
曬乾好煮粥，
孝敬阿公與阿婆。

看龍船

團團轉，菊花圓，
媽媽帶我看龍船，
龍船鼓一響，
人人齊划槳，
划得快，好世界，
磨磨蹭蹭，沒人愛。

外星人給我打電話

麻雀仔，叫喳喳，
外星人給我打電話，
他想移民到地球，
問我哪裏可安家。
他在太空望星星，
望見地球最靚靚，

四分海水一分地，

好像一顆綠水晶。

我悄悄回答外星人，

「不必急急就移民，

地球上空穿了洞，

等我補好了，

再迎接你這小客人。」

這一批創新的兒歌，除了有鄉土氣息之外，也有時代的新意和視野。作者又將它翻譯成英文出版，很快吸引了外國的出版社，並且買下了意大利文版權出版。

二、中國兒歌大系

不久之前，金波先生主編的《中國兒歌大系》面世了，洋洋灑灑幾大卷，看上去就像是豐厚堂皇的「巨著」。在「台港澳卷」中，收入了我母親黃慶雲的 30 首兒歌作品，也有本人 4 首新寫的兒歌。當然了，我還是最喜歡母親寫的：

快樂的兒歌

放學的途中，

遇見一位老公公，

我扶他過馬路，

從西走到東。

別人對他說：

「你的孫子真乖呀！」

他說：

「我們才認識了一分鐘！」

還有一首：

搖籃

藍天是搖籃，

搖着星寶寶。

白雲輕輕飄，

寶寶睡着了。

大海是搖籃，

搖着魚寶寶。

浪花輕輕翻，

魚寶寶睡着了。

花園是搖籃，

搖着花寶寶。

風兒輕輕吹，

花寶寶睡着了。

媽媽的手是搖籃，

搖着小寶寶。

歌兒輕輕唱，

小寶寶睡着了。

這一首兒歌，也不止是我一個人喜歡了，有許多小讀者和大讀者都會鍾意，一些老師把它拿到朗誦節去作朗誦比賽讀本，並且將之選入小學語文教科書，還有音樂家把它譜成了歌曲，讓小朋友們到處唱。

最難忘的是去年香港大學圖書館舉行了紀念我母親的展覽（因她曾在抗戰期間到港大寄讀），展場上的兒歌作品吸引了不少參觀者的目光。我想，即使母親不在了，她創作的嶺南兒歌，也會在一代又一代的孩子中間傳誦下去。

本文原刊於《明報月刊》，獲作者授權轉載。

帶 來 最 美 好 的 兒 童 文 學

　　銀幕上，放映着一齣非常精采有趣的卡通電影：一個名叫「沒頭腦」的孩子，扮演威風凜凜的武松，勇氣十足地揮動拳頭，用力地打着一隻張牙舞爪的老虎。而扮演老虎的，是一個名叫「不高興」的孩子，他拚命反抗，不肯罷休。可憐那「沒頭腦」已經精疲力竭，不得不低聲地哀求老虎扮演者「不高興」說：

　　「你快倒下裝死吧，我的手太累了，你怎麼還不快點按照劇本做戲呀？」

　　那「不高興」卻任性地搖頭拒絕，一個勁兒邊跳邊叫：「不高興！不高興！」

　　偏偏就是不肯趴下裝死相……

　　年幼的我，和電影院內的所有孩子一樣，開心得大笑起來。

　　後來，我才知道，《沒頭腦和不高興》這個大受孩子們歡迎的卡通故事，是鼎鼎大名的兒童文學作家任溶溶伯伯創作的。

　　由於同是兒童文學作家，年紀也差不多大，我媽媽和任溶溶伯伯是很好的朋友。我每一次看到任伯伯那張圓圓滿滿的臉龐，總是充滿了愉快的笑容——原來他是廣東人，平時長居在上海，只要一見到粵籍的朋友，聽到有人講家鄉的廣東話，就特別高興，臉上笑開一朵花。

　　媽媽曾經告訴我，任溶溶伯伯做兒童文學工作是很偶然的事。當初他大學畢業後，一個在上海兒童書局編《兒童故事》雜誌的同學向他約稿，他便去外文書店找資料，看到土耳其的一篇短篇兒童小說《黏土做成的炸肉片》，覺得很有趣，於是，就翻譯發表在 1946 年 1 月 1 日出版的《新文學》雜誌創刊號上。從此他對兒童文學的翻譯和創作發生了極大的興趣，幾十年來一手翻譯，一手創作，樂此不疲。

　　所以，對於國外兒童文學的集中介紹、推介，任溶溶伯伯算是先行者。他曾經在自己主編的雜誌專刊中，集中介紹優秀的外國兒童文學作品，讓中

國讀者結識了馬爾夏克、羅大里、林格倫等世界兒童文學巨匠，可以說，任溶溶伯伯帶給孩子們的，是全世界最美、最好的兒童文學！

從此，我就愛上閱讀任溶溶伯伯寫的或翻譯的兒童文學作品，直至長大成人之後，自己也不知不覺地寫出一個又一個的兒童故事來。

從此，我也知道了，任溶溶伯伯和他創作的兒童文學作品一樣，都是很風趣幽默的，又給大大小小的讀者帶來無限的歡樂。

細想起來，我曾讀過任溶溶伯伯翻譯的《安徒生童話全集》、《普希金童話》、《長襪子皮皮》、《木偶奇遇記》、《彼得‧潘》、《夏洛的網》、《戴高帽的貓》等等，我從一個兒童讀者，到成為一名兒童文學作家，在成長的過程中，也是受到前輩任溶溶伯伯非常重要的影響。

不可不知的是，身材高大、健康快樂的任溶溶伯伯，除了擅長翻譯、創作兒童文學之外，還是一位經驗豐富的美食家，他一直在報刊雜誌上撰寫與美食有關的文章，特別是談到粵式的美點美食，文字精妙傳神，令食物的色、香、味直滲紙背，引人垂涎。

記得那是中國改革開放之初的 80 年代，香港著名兒童文學作家何紫先生邀請任溶溶伯伯來香港小住，傳授兒童文學創作的經驗。在香港這個美食天堂，喜愛美食的任伯伯，簡直就是如魚得水。那一天，何紫先生（也是一位愉快的兒童文學作家兼美食家）領着他從家裏出來，到咖啡館和我們母女倆見面，開心得合不攏嘴。何紫告訴我們，他和任伯伯是「一路吃過來的」，甚麼麥當勞啦、肯德基啦、港式茶餐廳啦，吃個不亦樂乎。我和媽媽都笑着叫好，任伯伯真是不枉此行了。媽媽後來還告訴我，任伯伯從來都只愛吃肉食，不吃蔬果，胃口和身體都很好，真是先天優勢的美食家，不知讓多少人羨慕！

任伯伯曾在一首題為《吃，我是勇敢的》兒童詩中寫道：

> 都說第一個吃螃蟹的人勇敢，
>
> 做這樣的人，我完全沒有資格，
>
> 因為所有食物，早有人吃過。

不錯，做這樣的人，我是沒資格，
可吃每樣食物，我都有第一次，
酸甜苦辣，只要給我，我全都吃。

我可不像我的一位表姐那樣，
她不敢吃的東西，唉，很多很多，
哪怕看着人家吃得快快活活。

吃過以後不喜歡吃可以不吃，
我們吃過就不敢吃，那很吃虧，
實在辜負了世界上許多美味。

因此別的事情我不敢說，
論吃，我說得上是勇敢的，
因為給我吃的，我都吃了。

這首詩其實也是任伯伯本人的一個幽默寫照，他敢於打破俗成的慣例，吃，能吃出勇敢的自己；寫，也寫出非同一般的兒童文學作品。

任溶溶伯伯還寫了一首兒童詩，名為《我是一個可大可小的人》。兒童文學評論家方衞平指出，這首詩讓一個孩子自述生活中的小小煩惱，用的是喜劇的口吻：「我不是個童話裏的人物 / 可連我都莫名其妙 / 我這個人忽然可以很大 / 忽然又會變得很小」。「這種『可大可小』的感覺，大概是每個孩子都經歷過的日常體驗，說起來好像也沒甚麼，但仔細琢磨，在它的喜劇和自嘲背後，我們是不是也會發覺，有一個孩子渴望理解的聲音？」

其實，在我的心目中，任伯伯也是一個「可大可小」的人，他充滿了童心童趣，真真正正與孩子們平起平坐，從孩子的角度去看世界上的萬事萬物，所以他的作品是那麼廣受孩子們的喜愛。

任溶溶伯伯的兒子任榮康，也承傳了父親所熱衷的兒童文學事業，到香港編輯一本非常有趣又精美的兒童雜誌。他對我媽媽也十分尊重，特別上門約稿，而每一次出版之前，還會將稿件錄製成光碟，一併推出。難忘 2004 年的一天，榮康帶着任溶溶伯伯來到我媽媽的家，我們都有說不出的興奮和快樂。任伯伯看見我媽媽家的客廳正對着一個大公園，鳥語花香，可聞可見，即大表讚賞，認為這是有助於創作兒童文學的好環境。我媽媽感到特別高興，馬上隆而重之地進行預先安排好的一件事情：就是要以本地的粵廣式美食，好好地款待任伯伯這位品味一流的美食家。就在那無比歡樂的氣氛中，我們一起去到附近一家以鮑魚佳饌聞名的食店，談笑風生，痛痛快快地共進晚餐。那一夜，兩位年近九旬的兒童文學老作家，共享美食，話題不斷，邊吃邊談，非常盡興。

時光飛快地流轉，一下子到了 2019 年。

這一年，任溶溶伯伯年滿 96 歲，出版兩本兒童詩集：《怎麼都快樂》《如果我是國王》。《怎麼都快樂》精選從 1953 年到 2017 年創作的童詩 100 首。出版社編輯陳力強說，任溶溶的兒童詩是其文學創作的另一片星空，「他的童詩隱含着童趣、幽默和想像力，不能不說是兒童文學難得的珍品」。而《如果我是國王》精選了任溶溶所譯的最重要兒童詩作者的作品。另外，他的翻譯巨著《任溶溶譯文集》也出版了，這是他翻譯作品的精華匯集，總字數約 900 萬字，共分為 20 大卷。譯文集有較強的時代性與紀念性，是對任溶溶老先生數十年來經典譯作進行細緻梳理後的一次集中展現。

這一年的 11 月初，我受到有關方面的邀請，到上海擔任陳伯吹國際兒童文學獎的評審委員。短短的 3 天評選過程，既緊張，又繁忙。在一個空檔的時間，我立即請本地的評委、兒童文學作家張弘帶我去拜訪任溶溶伯伯。同任評委的美國兒童文學作家、評論家馬庫斯，還有來自湖南的評委、兒童文學作家湯素蘭知道了，也要同往。我們一行 4 人，乘上出租車，直達市中旺中帶靜的一條小街。

下車之後，張弘領着我們，走入一間素樸簡潔的小屋裏。

一眼就看了，任溶溶伯伯就坐在大廳當中的桌子邊，頭上戴着用鐵架固定的一個呼吸器。我的心即時一下子收縮了，感到很難受：一個從來都那麼自由自在、熱愛生活和生命的作家，被困在有如「緊箍咒」那樣的鐵頭盔裏面，該多麼痛苦難熬啊！任伯伯他怎麼可以忍受得了⋯⋯

「嗬嗬，你們來了，快請坐啊！」

沒想到任伯伯笑呵呵地向着我們招手。

他居然還是那副樂天真誠的模樣，根本就是一點兒也沒變！

在旁陪伴他的小兒子任榮練先生，立刻熱情地安排我們在任伯伯旁邊就座。

我努力地按捺住既激動又不安的心情，和大家一起，向任伯伯表示慰問和敬意。

任伯伯高高興興地回應着，又讓榮練拿出糖果招待我們。接着，挪過桌上的一疊新書，用筆一一題贈給我們。在場的每一個兒童文學作家都珍重地接受了——那是任伯伯最新出版的兒童詩集《我牙、牙、牙疼》。光看書名，就幽默得令人忍俊不禁了，任伯伯真是無論如何，也不改風趣幽默的本色呀，他給別人帶來的總是歡樂和溫暖。

我們又和任伯伯合拍照片，然後才不捨地告辭。

我後來和遠在加拿大的任榮康先生通電郵，才知道任伯伯按照醫生的指示，平時除了吃飯喝水，都一直都戴着呼吸器，就連晚上睡覺也戴着。人老了，呼吸系統不好了，這是沒辦法的事。但他會找「覺得好玩」的事做，讀舊詩詞、聽古典音樂、聽京戲、寫日記和報刊專欄。

不知怎麼的，任伯伯頭戴呼吸器的畫面，在我的腦海中一直揮之不去。我聯想到法國著名作家鮑比，他得病後靠着眼皮的眨動，寫下暢銷過百萬本的名著《潛水鐘與蝴蝶》：「潛水鐘」指生命被形體所困禁的困境，「蝴蝶」則隱喻生命在想像中具有本質的自由。一個偉大的作家，可以不受形軀所困，精神、思想完全自由，把現實世界人生的利益、得失、享受拋諸腦後，他們的精神空間非常廣闊，能夠跳脫於物理的軀體外，把幻想化為受困生命的調劑。

翌日，陳伯吹國際兒童文學獎評審委員會一致決定，將本屆的特殊貢獻獎頒發給任溶溶老前輩，並且由我在頒獎典禮中宣佈頒獎詞，這真是莫大的榮幸！在如期舉行的頒獎盛典中，我上台讀出評委會特別擬定的頒獎詞：

　　「任溶溶先生通曉英、意、日、俄四種語言，從24歲開始翻譯，迄今73年間，他把安徒生、馬雅可夫斯基、羅大里、E.B. 懷特、托芙·楊松、林格倫等名家名著帶到了中國。他的童話、兒童詩創作中有諸多開先河之作，就像《沒頭腦和不高興》等代表作那樣，膾炙人口。任先生的文學視野、創作風格以及兒童文學觀影響了一代代創作者。感謝任溶溶先生，他改變了中國兒童文學。」

　　台下即時掌聲雷動，任榮練先生代表任溶溶伯伯上台領獎，在場的每一個人都激動了，紛紛站起來鼓掌致意，我只覺眼睛頓時熱辣辣的，視線也變得模糊起來⋯⋯

　　時至今年開春，任溶溶伯伯已98高壽了，依舊筆耕不輟，常有新作。他最近翻譯了列夫·托爾斯泰寫的寓言，在網上廣為傳閱：

　　「我小時候看到過一個俄國偉大作家老托爾斯泰寫的寓言，很短，我這就講給大家聽。有一個人和老天爺講定，他跑到哪裏，跑到的地方就全歸他。於是他跑啊跑啊，跑啊跑啊，跑到力氣也沒有了，還是跑啊跑啊，最後倒下來死了。他就給葬在他倒下來的地方，這點地方真正是為他所有。就是這麼一個簡單的寓言故事。

——任溶溶於 2021 年 1 月 17 日」

憶 何 達

最近，由於參加《香港文學大系 —— 1950 至 1969》的編寫工作，再次讀到了何達先生的詩作：

送蕭紅

......

送一個遠行的人，
到一個使她快樂的地方，
送一個體弱的人，
到一個醫治療養的地方。

送一個寂寞的人，
到一個充滿溫暖的地方；
送一個有才華的人，
到一個施展身手的地方。

我以為會有鮮花、美酒，
我以為會有笑語盈盈，
我以為會有歡聲、有鼓掌，
有紅綢彩旗在空中招展。

我以為我可以看到，
我一向喜歡的作家，
我以為我可以向她，
表示一下我的敬仰。

20 年前，她站在遠遠的台上，
穿一條藍色的裙子朗誦詩篇；
會場大，人又多，她聲音小，
我在後面瞪着大眼睛也聽不見。

我以為今天可以和她握一下手，
我以為今天可以看清她的臉；
在心中我想好了幾句詩，
有機會我要對她唸一唸。

沒有陽光，也沒有下雨，
這樣的天氣正適合旅行，
要是我能一路坐在她的身邊，
聽一聽她講她自己的作品。

那是沒有疑問的，
她的身體將恢復健康，
那是沒有疑問的，
她的作品將源源不斷。

那是沒有疑問的，
她將回到她的故鄉，
她用血淚刻畫過的生死場，
將是她謳歌讚美的對象。

那是沒有疑問的，

她會寫許多我們想知道的東西，

那是沒有疑問的，

她的筆將給我們無窮的快感。

她的筆，她的心，她的靈感，

她的經驗，她的愛，她的希望，

她的敏銳的感覺毫無疑問地，

會把新人新事寫得閃閃發光。

我抱着滿腔的熱誠，

滿心的笑，滿腦子的幻想，

來到了掛着布條的，

香港文藝界公祭蕭紅的會場……

何達先生的詩作，一如既往，充滿了想像，充滿了感情，漸漸地把我帶進了那久遠的記憶之中去。

我第一次見到何達先生的時候，是在電視的屏幕上。那是 80 年代初，中國剛剛啟動改革開放的大門，何達被邀請回國，在北京的春節晚會上，他身穿短衣短褲，以一個長跑者的姿態，為一萬聽眾朗誦他的詩作《長跑者之歌》，得到滿堂的鼓掌聲和喝彩聲。據說周恩來總理的遺孀鄧穎超副委員長也受了感動，要何達抄一份詩作送給她。

我正是從那時候開始認識了香港的前輩詩人何達先生的，原來，他是我父親的好朋友，不久之後，我們就在家中迎接了遠道而來的何達先生。那一次，何達先生和我的父親久別重逢，彼此都十分激動，談了很久才戀戀不捨地告辭。父親告訴我，何達先生的詩作，一直與大時代有着相關相連的脈動。早在抗日戰爭時期，何達是西南聯大的學生（我父親當年也曾在西南聯大

工作），思想上受到救亡運動的影響，學術上受到聞一多、朱自清等大師的感染，他執起詩這個武器參加戰鬥行列。他的詩，曾經貼在校園的牆報上，引起了老師朱自清的注意和欣賞。無論是在國內還是在香港，何達先生都一直保持着文學創作的激情，優秀的作品不斷地發表，他也常常親自朗誦自己寫的詩，感動和激勵着一批又一批的文學青年。

而我更感興趣的是，已經年屆 70 的何達先生，為甚麼還那麼強健，可以在冰天雪地的寒冷天氣下，只穿着短衣短褲？這實在是很驚人的，也特別令人佩服！到機場為何達先生送行的時候，我就忍不住向他發問了。他笑着告訴我，這是他到南華會做體育運動鍛煉和洗桑拿浴的結果。

我結婚以後到了香港工作、生活，參加了香港作家聯會，見到了何達先生，感到非常親切。他送給我一本著作《興高采烈的人生》，我認真地拜讀了，書中收錄的全是閃耀着理想激情的作品，就如同書名一般，處處顯示出作者對生活、對生命的熱愛。自此之後，我更關注何達先生的創作，每一次參加香港作家聯會的活動，都希望能和他見面、請教。我也很喜歡朗誦他的詩，尤其是這一段：

> 詩是我的笑語
> 也是我的宣言
>
> 詩是我的地圖
> 也是我的時間
>
> 我眼中的樹是詩之樹
> 我腳下的路是詩之路
>
> 過橋的時候橋就是我的詩
> 過橋的時候詩也在橋下流過

曾經有一段時間，何達先生和我一起在香港作家聯會的理事會工作，令我有更多機會向他學習，感覺很好。可是，他後來不怎麼出席本地和作聯的文學活動了，我覺得似乎是有甚麼問題發生，心裏很不安，恰好遇上一位舊朋友，才知道他是和何達先生租住同一個房屋單位的。我便請他帶我上門去看看。

當我們進入那個單位，卻看不見何達先生的身影，他是有事外出了吧。朋友帶我去看何達先生的浴室，裏面有很多雜物，浴缸上堆放着一張張的舊報紙，看來已經有一段時間沒清理了。朋友又告訴我，何達先生不定時地外出活動，也很少在家裏正正式式地吃一頓飯，只是每隔兩三天，就看到他從外面買回一盒西餅點心，到用餐的時候，馬馬虎虎地吃一些點心就算。看來他是一個不會照顧自己生活的人啊。總之，我在那裏看到的情況，都是令人擔心的。事後，我向作家聯會的祕書反映了何達先生的狀況，希望她再抽時間訪問何達先生，並且留意催促他定期吃飯。結果，祕書欣然答允並實行了。

事後的一次，作家聯會舉行港台作家文學座談活動，何達先生罕有地出現了，我滿懷歡喜地走到他面前，他用茫然的眼光看看我，張開口就問：

「你見到周蜜蜜小姐嗎？她有沒有來？」

我的心中一凜，儘量抑制着情緒，說：

「我就是周蜜蜜啊。何先生，您還好嗎？感覺怎麼樣？」

他的神情卻很不確定，茫然的眼光更加茫然了。

我頓時感到說不出的難過。

過了一些日子，何達先生住進了南朗山的療養院，我和香港作家聯會的朋友去探望他，看見被老年病痛折磨的詩人，一臉的憔悴，雙腳不良於行，令人更加感到心痛……

如今，何達先生已經遠去，可幸是他的詩作依然在我們中間流傳，他那朗誦詩歌的抑揚頓挫之聲，還在我們的耳際不時迴響：

對於這個時代
我
是一個「人證」
我的詩
是「證」
在
為生存而奮鬥的人們的面前
我
火一樣地
公開了自己

念 傅 聰

「我哪兒也不去，就在這裏練琴，像往常一樣，一天連彈 7 個小時。」

傅聰坐在鋼琴旁邊，用堅定的眼神望着我説。

嘩！7 個小時！

我不由得瞪大了眼睛，差一點還要張開嘴伸出舌頭來：一天練彈鋼琴 7 個小時！太不可思議了！那需要怎麼樣的意志力才可以堅持做得到？我隨即向眼前這位被譽為中國蕭邦式鋼琴詩人的傅聰先生，投以無比敬仰的目光。他接着告訴我，其實他正常的練琴時間，是每天 10 個小時，最長的一次，連續彈了 14 個小時之多。彈鋼琴，就是他的藝術生活——生命！

那是 1994 年，傅聰剛滿 60 歲，他到香港來，要舉行一場特有紀念意義的鋼琴演奏會。我作為一個報紙的文化版主編，專門去訪問他。

眼前的他，一如既往，風度翩翩，帶着他那一種獨有的藝術家加音樂家加詩人的氣質，顯得神采飛揚，充滿活力，無論怎樣看，也不像是一個年屆六旬的人。

其實那時候，傅聰先生於我來説，並不陌生。當然了，我最早聽到他的名字，也和許多人一樣，都是從那本《傅雷家書》中認識的。幸運的是，我的家翁羅孚，與傅聰是相識相知的好朋友。因此，傅聰每次到香港來，羅孚都會請他吃飯、聊天，於是，我也有機會叨陪末坐了。

記得首次見到傅聰，我就被他特別的鋼琴詩人氣質深深地吸引住。他説他的父親傅雷教導他，首先要做好人，然後是藝術家、音樂家，最後才是鋼琴家。我覺得從傅聰的身上，正是可以看得出這一切的最優秀的集合體。

「我真不敢相信，您已經 60 歲了，根本就看不出來啊！」

我對傅聰説。

他微微一笑，説：

「天天練彈琴，時間過得很快，沉浸在音樂的世界裏，我可以忘記很多煩惱和痛苦的事情，不知不覺的，轉眼就滿 60 歲了。惟有父親對我的教導，是

深深地埋在心底裏的。」

他説着，濃眉下的雙眼變得更加深邃。

中國有句老話，説是「棍棒之下出孝子」。許多家庭的教育，方式方法都特別嚴厲。一些音樂家、演奏家的家教尤甚。所以那句老話，或許還可以改成：「棍棒之下出名家。」因為所有的演奏技巧，都必須從小培養，而且更需要堅持長期苦練而來。我曾認識不少已成大名的小提琴演奏家、鋼琴演奏家、二胡演奏家，他們都多多少少向我提過，童年的時候，曾被父母親舉起拳頭或揮動鞭子，天天強迫他／她長時間苦練拉琴／彈琴的往事。而傅雷對傅聰的教育嚴苛，已經有公開的家書為證了。傅雷教育傅聰，沒有動用棍棒、鞭子，卻是全方位地對傅聰實行人文修養、藝術、音樂的嚴格教育。傅聰還告訴我，他的父親傅雷「特別厲害，耳朵很靈，我那時候在家裏練彈鋼琴，有一個音彈的不對，他就會大為惱火，把手中看着的書一下子扔過來，大聲斥責」。

嚴師出高徒，正是由於有了當年的傅雷，才有了今天的傅聰。

那一次傅聰在香港的紀念演奏會相當成功，廣受好評。

除了彈鋼琴之外，傅聰很喜歡看書。每一次在飯桌上，他和羅孚交談的重點，都集中在近期所閱讀的書籍內容上。記得有一晚羅孚請傅聰和朋友在尖沙咀的一間川榮館吃飯，席間傅聰説他剛剛讀過一位內地作家寫的有關歷史和文化的書籍，內容引起了一些爭議，感到很值得關注和研究。他又向羅孚很認真、很詳細地詢問有關那本書的作家的種種情況和問題，一直談到夜深，意猶未盡，久久地還不願意離去。

後來也是因為傅聰的緣故，我認識了他的弟弟傅敏。傅敏也是一個愛書、編書、寫書之人，每當我們見面之時，常常會相互贈書、談書，而那些書也絕大多數是和傅雷與傅聰有關的。2008 年，我去北京觀看奧運會的時候，應是和傅敏夫婦來往最多的日子，在感覺上，傅家的人和我們就像成為家庭朋友那麼親切。

萬萬沒想到，在 2020 年最後的幾天，新冠病魔侵襲了遠在英倫的傅聰，消息傳來，令人痛心、不安，我那天晚上焦灼不堪，徹夜失眠，只是不斷地

默默祈求他能擺脫病毒，早日康復。但翌晨起來，收到的卻是最最不欲收到的壞消息⋯⋯

　　一連幾天，我一遍又一遍地聽着傅聰彈奏蕭邦《C 小調夜曲》的錄音，在如詩如歌的琴音中彷彿又見其人，心內悲喜交加，難以形容。傅聰雖然離開了人世，但是他的音樂依然還活着！但願在天國之上的他，能與苦心教導他的父母親長久相聚，一同沉醉在他們畢生至愛的音樂世界中，釋出最深厚、最純真的情感。

詩性浪漫的戴天先生

2021 年 5 月 8 日傍晚，詩人戴天先生在加拿大多倫多病逝。

我最早是從旅居加拿大的華文作家陳浩泉先生發來的短訊中得知這消息的，同時還附有戴天先生一頭白髮如暮雪的晚年近照。我看得怔住了，久久地，許許多多往事湧上了心頭。

80 年代之初，在家翁羅孚安排的一個文化人的飯局上，我第一次見到了香港著名的詩人戴天先生。他有一頭天然捲曲的頭髮，戴着眼鏡，手持煙斗，說話聲音宏亮，別具一種詩人的氣質。他和羅孚就像相識多年的好朋友，嬉笑怒罵，無所不談。而他的國語發音非常純正，我覺得他像台灣人多於香港人。後來我才知道，戴天先生原名戴成義，原籍廣東，生於毛里裘斯。1957 年考入台大外文系，老師有夏濟安，同學是白先勇、王文興、李歐梵等。1959 年夏濟安赴美，所辦的《文學雜誌》要停刊，班上同學就繼承老師，合辦《現代文學》，戴天也是編委會成員。戴天與香港結緣，始於畢業後來港任教中學。1967 年戴天赴美，參加愛荷華大學「國際寫作計劃」。回港後辦「詩作坊」，任「今日世界」出版社編輯，70 年代創立「文化・生活出版社」。而他與羅孚認識交往，還是在不久之前的事情。據說源自一個香港左、右翼兩方文化人「破冰式」相會的晚宴上——由於當時的政治氣候使然，彼此還隔着深深的意識形態鴻溝，心內卻有着難以宣之於口的千言萬語想要表白。於是他們一齊舉杯，借酒寄語，這邊一個說：

「為黃河乾杯！」

那邊一個回應：

「為長江乾杯！」

觥籌交錯，激情沸騰，結果，大家都醉倒了。

自此之後，羅孚和戴天等文化人的來往，就漸漸地密切起來。

我曾經拜讀過戴天先生的詩作《長江四帖》：

第一帖

看見長江的時候

頸項伸長如虹吸管

擺出一個躬身去釣歷史深淺的姿勢

也許是佛說的罷

弱水何止三千

一瓢飲亦可謂足矣……

第二帖

飛過江南而向江北

忍不住要將草長鶯飛的景色

用江水這條翠綠的緞帶繫起來

再打一個蝴蝶結（還剩一大截呢）

當成莊重的禮品

送給鄉愁如斷弦

暗地裏彈盡日月星辰的異客

穿越雲山霧沼

黃土高原彷彿在望了

但覺有一隻急切的手來牽

帶着澎湃的情意

回頭望望罷（也實在難抗拒）

原來流落江南的那截長流

湧上來浸潤一顆鄉心

第三帖

這寒暑表已有千萬年歷史

水銀柱裏面

到底裝的是血還是別的甚麼

也許是淚罷

也許是一掬又一掬悲歡

摸一摸就會知道

⋯⋯

第四帖

一發難收的感觸那管精粗

鋒毫危般屹立

卸下陸變的機緣（一管筆

蘸着蒼蒼茫茫寫盡了

山川的困厄，滾滾東去的沉鬱

一點一撇蘊藏着萬里的功力

還帶着春花爛漫的温柔）

⋯⋯

這是多麼優秀的詩作！字字珠璣，盡顯詩人既豪邁又浪漫的情懷，我很喜歡，百讀不厭。

但對於父執輩的友人，尤其是知名的大作家、大詩人，我向來都是懷着仰慕之情，敬而遠之的。然而，有一次，我去參加一個兩岸作家的文學交流活動，戴天先生作為主持人，坐在高高的舞台上。沒想到，他竟向着剛進場入座的我，大聲地叫出名字打招呼，令我感到非常意外，又很温暖。戴天先生平易近人，毫無名家前輩的架子，令我從此再也不「遠之」，隔閡消除得無影無蹤。

過了一段時間，我寫的一首新詩《人模》，獲得「青年文學獎」的優異

獎，赫然發現，原來戴天先生是此屆的評審之一。他對我這個不成熟的新詩作品，作出了十分認真、中肯的評語，既褒揚此詩的創作新意，點讚寫得精練、生動的詞句，同時又指出可以進一步提升意境的不足之處。我細細地閱讀領教，倍覺欣喜：這一位名家大師，對我這個初入文壇的後輩如此悉心教導，實在是非常非常難得的！我一定要好好地學習、珍惜。

當我出版第一本短篇小說結集的時候，便大着膽子，請戴天先生為我作序。他二話不說，爽朗地答應了。序文很快就寫成，並且在他的報刊專欄中首先發表，再一次對我這個初入文壇的後輩，予以極大的關懷和鼓勵。這也成為我在文學創作道路上向前奮進的極好的起點，我永遠永遠都感激他——敬愛的戴天先生。

90 年代，戴天先生決定移居加拿大多倫多，羅孚和我，還有香港的許多朋友們，都非常不捨，香港的文壇，少了戴天先生那中氣十足的宏亮聲音，也似乎變得寂靜了。我們唯有通過往返於加、港兩地之間的文友，傳遞與戴天先生有關的一些信息。大概知道他在那邊的的生活還平靜，在夫人大去之後，堅強的他，還能在異國獨自堅持過日子，實在也是很不簡單的！

直至 2016 年 11 月 2 日，《明報月刊》慶祝創刊 50 週年，舉行了盛大的酒會。那一天晚上，在尖沙咀香港文化中心 4 樓的禮堂上，華燈高照，賓客如雲，我只看見那一頭暮雪白髮，在眾頭攢動的場景中突顯出別具一格的飄逸、高雅：是他！他回來了！真的回來了！闊別多年的戴天先生，風采依然，精神抖擻。我急忙穿過人羣，向着戴先生走近。歲月，時間，似乎都一下子凝止住了，再沒有任何行進的距離。戴先生臉上的笑容，還是那麼親切，說話的聲音還是那麼響亮，我們高高興興地互相問候、碰杯。可惜的是在場的人太多了，我們無法詳細地交談，而我翌日又有公幹在身，必須遠行，卻萬萬想不到，這是見到戴天先生的最後一面……

還記得，戴天先生曾經把自己的出生地毛里裘斯浪漫地翻譯為「夢裏西施」，如今，但願他歸去自己心目中的夢幻之地，一路順風都有詩……

責任編輯：楊　歌
裝幀設計：龐雅美
排　　版：龐雅美
印　　務：劉漢舉

才女故事說不完

周蜜蜜 著

出版 / 中華書局
香港北角英皇道 499 號北角工業大廈 1 樓 B 室
電話：(852) 2137 2338　傳真：(852) 2713 8202
電子郵件：info@chunghwabook.com.hk
網址：http://www.chunghwabook.com.hk

發行 / 香港聯合書刊物流有限公司
香港新界荃灣德士古道 220–248 號荃灣工業中心 16 樓
電話：(852) 2150 2100　傳真：(852) 2407 3062
電子郵件：info@suplogistics.com.hk

印刷 / 美雅印刷製本有限公司
香港觀塘榮業街 6 號海濱工業大廈 4 字樓 A 室

版次 /2021 年 11 月第 1 版第 1 次印刷
©2021 中華書局

規格 /16 開（200mm x 140mm）

ISBN/978–988–8759–81–1